王旭烽 著

雷峰夕照

图书在版编目（CIP）数据

雷峰夕照 / 王旭烽著. —杭州：浙江文艺出版社，2024.6
　ISBN 978-7-5339-7603-3

Ⅰ.①雷… Ⅱ.①王… Ⅲ.①中篇小说—中国—当代 Ⅳ.①I247.5

中国国家版本馆CIP数据核字(2024)第091881号

策划统筹	王晓乐	版式设计	徐然然
责任编辑	詹雯婷	营销编辑	张恩惠　詹雯婷
责任校对	牟杨茜	数字编辑	姜梦冉　诸婧琦
责任印制	吴春娟		

雷峰夕照

王旭烽　著

出版	浙江文艺出版社
地址	杭州市环城北路177号
邮编	310006
电话	0571-85176953（总编办）
	0571-85152727（市场部）
制版	浙江新华图文制作有限公司
印刷	浙江新华印刷技术有限公司
开本	889毫米×1260毫米　1/64
字数	55千字
印张	2.875
版次	2024年6月第1版
印次	2024年6月第1次印刷
书号	ISBN 978-7-5339-7603-3
定价	29.80元

版权所有　侵权必究

雷峰夕照　二我轩照相馆　摄于1911年

写在前面

1995年,我在浙江省文联工作,地点离西湖断桥很近。闻说断桥要断,赶去看时发现人群多挤在桥边担心,就想:断桥若真断了,许仙和白娘子怎么相会呢?因此触发了"西湖十景"第一部小说《断桥残雪》的创作动机。以后一年一部中篇,在双月刊文学杂志上发表,七部以后,开始两年一部,十三年后终于全部完成。

首先,这十部小说是十个爱情故事,红男

绿女、芳魂缭绕——《白蛇传》《梁祝》《李慧娘》，本来在西湖边发生的故事几乎就都是关于爱情的；其次，我企图在每部小说背后呈现一个杭州的文化符号，是看得见、摸得着的人文载体，比如荷花、古琴、金鱼、经卷、景观、花叶、印刻、书法、美术、工艺、戏剧等。最后，仅仅有文化事象不行，还要有哲理思考。比如《断桥残雪》里有关等待的意义；《平湖秋月》中当代社会精神与物质世界的审美对立，等等，它们通过十景中的意境一一传递。比如《三潭印月》，只有当你看出圆月是一滴饱满的、金黄色的、温暖的眼泪时，你的西湖边的人性解读方告开始。

十多年过去，小说曾经在高校成为线下课

程，也成为线上网课，被制成录像，也曾录成音频，拍成电影，成为行为艺术、实验文本。小说曾经作为整部形态问世，后又作为分册出版。我的朋友，曾任《江南》杂志主编的袁敏，作为被出版界盛赞的金牌编辑，提出这十部中篇应该构成分册型的整体，小巧而精致，知性且优雅，对她的观点我深以为然，且将其作为"西湖梦想"之一。

浙江文艺出版社的青年姑娘编辑们，终于编撰完成了一串美丽花环般的文字。果然就是部梦想读物，仿佛轻奢的生活艺术品，封面，册页背后、底下、上面及周边的无形与有形的文字花朵，如湖边的二月兰一般，突然就绕着故事草长莺飞，喧哗起来。于是，这些书册读物藤蔓一般地延展开去，小精灵一样地从书房间、地铁里、休闲吧中探出头来，参与着今天的杭州往事、西湖传说。

从故事里叠出故事的"西湖十景"，让我恍惚地想：她究竟是我写的故事，还是从我写的故事里生出来的故事呢……

王旭烽　2024年4月28日

目录

雷峰夕照 /001

在虚构与真实之间的矗立
  ——《雷峰夕照》里的斜阳温柔 /147

附录
  西湖女神 /159

子虚是被师哥拽出刘庄的。师哥不停地捶胸顿足：绝代佳人！绝代佳人！师哥是在赞叹庄园对面名叫"香薰护发"的美发屋中的那个美发师。

可子虚却在一刻不停地敲打着手提电脑：明天是雷峰塔发掘的日子！报道策略呢？主任，我都急疯了，我得把稿子写出来。你看看这个标题怎么样——《等待：白娘子从地宫游出来……》，明天大家都玩实的了，我偏来个虚的——

师哥二话不说按下子虚的电脑——不是早就点拨过你了，你明天想见报的稿子，拖到明年再发也不迟，后年再发也不迟——永远不发也不迟。一家市井小报永远成不了《人民日报》。

当初子虚投奔已是报社编辑部主任的师哥，想在杭州城里混碗饭吃时，媒体刚开始炒作这座1924年就消亡，但在2000年准备重新竖起的名塔。师哥跟他在编辑部里谈话，核心就是塔与男人与女人与美与消亡与重生。师哥和他一样，都是中国古典文学专业的研究生。可他就是能出神入化，化腐朽为神奇。师哥个人以为，塔，虽说是僧人们死后的葬处，一群禁欲主义者的长眠之地，但他们其实死不瞑目。非不能也，乃不为也。他们死后也要证明自己和别的男人一样雄风依旧。师哥瞪着牛眼说：拿什么证明呢？塔也！

师哥从抽象进入具象：难道雷峰塔不是这样吗？难道法海不是以男人的一种极其曲折阴险的手段，来实现作为一个禁欲主义者对美女白素贞的纵欲吗？难道当他的肉身躲入螃蟹壳时，他的灵魂不是化作男性象征的塔，牢牢地控制了良家妇女白娘子了吗？难道不正是因为这种男女之间的永恒的性的战争，才使雷峰塔不管倒下还是竖起，都永远流芳千古永垂不朽吗！

冯千虚是严格遵照师哥关于雷峰塔的埋念

雷峰塔的历史

五代时期

五代末年吴越国王钱俶笃信佛教,他为了藏佛螺髻发,动工兴建七层雷峰塔

北宋末年

宋徽宗宣和年间方腊起义,战火将塔院及塔身的木构建筑全部焚毁

南宋时期

定都杭州后,在孝宗乾道七年(1171年)至宁宗庆元元年(1195年)的20多年间,雷峰塔进行了全面维修,部分毁坏的建筑得以恢复

明朝时期

嘉靖年间倭寇入侵纵火,焚毁后的雷峰塔仅存砖砌塔芯

民国时期

1924 年 9 月 25 日,雷峰塔轰然倒塌

21世纪初

2000—2001 年雷峰塔遗址经历了考古发掘,2002 年完成重建

进行操作的，稿子题目分别有《雷峰塔——男人的废墟》《1924年9月——妇女翻身解放的日子》《法海重振雄风　小青再作较量》《欲望之塔》；有一篇稿子干脆就借鉴了无名氏早期成名作的题目——《塔里的女人——白娘子》，又为了形成对称美，附上附录一篇《塔外的女人——小青》。实践的结果是屡败屡战，所有稿子都被头儿打回，并当作笑料在报社内外广泛传扬。

雷峰塔的发掘从千禧之年开始：2000年1月5日筹备工作完成；2月14日开始进行第一次考古发掘；12月废墟清理完毕；12月26日，杭州市政府对工程进行奠基，从此，雷峰塔和杭州人民便一起进入新世纪。

子虚还是不想陪着师哥去看美女。他提醒说：这里是什么地方？刘庄啊！刘庄什么级别！毛主席住过的地方，周总理工作的地方，尼克松落脚的地方，第一部《中华人民共和国宪法（草案）》诞生的地方，《中美联合公报》拟定的地方。我要是再写不出一篇能够见报的雷峰塔报道，我就得卷铺盖走人了。

师哥叹气：你打开糨糊脑子好好想想，我们雁过都要拔毛的大主编为什么会为你一个实习记者安排这样的国宾馆套间？哪怕明天是2001年3月11日——雷峰塔重新发掘的日子。如果不是因为我……算了，师哥我推心置腹地说一句话，乖乖回去考博士吧。放弃小报记者之梦，且与我宁可花下死，做鬼也风流。

重建雷峰塔

在雷峰塔倒塌十余年后,著名建筑家梁思成曾提出如重建雷峰塔,宜恢复其原状的建议。到了20世纪80年代,建筑家杨廷宝也两次抵杭,建议复建雷峰塔。到了1983年的5月,重修雷峰塔的规划终于正式启动。

而雷峰塔地宫也正是借着重建的机会才展现在世人眼前。2000年至2001年,为了配合雷峰塔重建工程,浙江省文物考古研究所分两次对雷峰塔遗址和地宫进行考古发掘。在发掘完成后,雷峰塔得以继续重建,于2002年建成。

子虚被师哥说得倒抽凉气，突然有醍醐灌顶之感：不想陪你鬼混了，我现在就回家。

师哥一把拉住他：听我的，见识见识，我敢说，你将见到一位不可思议的女人。

在路灯的影影绰绰中师哥气急喉头地喋喋不休：实话跟你说，你不知道那地方有多袖珍，只够一人替一客打理。那美人坐在窗前，屋里亮着灯，橘黄色的，浓暮一起，美人朝我一笑……我不知道她像谁，总之她和某种遥远的东西有关。当然你可以说她像潘虹，是最后的贵族，也可以说像李玟，狐媚般的性感。很迷离，不真实，不确定，等等，我想起刘操南先生给我们吟诵的李贺的诗：草如茵，松如盖。风为裳，水为佩。油壁车，久相待。冷翠烛，劳光

苏小小之墓

在西泠桥侧。小小为南齐钱塘名妓,善诗,不寿,友人等捐资,葬于此。乐府有云:"何处结同心,西陵松柏下。"即咏苏小小也。

彩……

子虚站住了，苏小小嘛……他接着师哥的话，背了下去：……西陵下，风吹雨……我们该不是去"与鬼相约"吧？西陵就在前面西泠桥。

恰此当口，气喘吁吁的师姐从大门方向跑来，一边叫说：真讨厌，门口站岗的还向我要身份证，费我半天口舌。子虚看到师哥脸上展现出一副是可忍孰不可忍的神情。

师哥师姐在学校读研时就同居了，直到现在还没有领证，但大家都认为他们是老夫老妻。就处事风格而言他们南辕北辙，师姐顶真，钻牛角尖，师哥却很潇洒，喜欢李玟那样鹅黄柳绿的时尚女人。看不成美人了，可以想象师哥现在有多失望，师姐决不让师哥有如此低级趣味的冲动。

师哥果然向师姐发难：你来干什么？我们通宵发稿，照顾不了你。师姐拍着书包说：我刚看了罗以民的《刘庄百年》，刘学询这个人实在太有意思了，孙中山还想让他当总统。他有八个小老婆一个正夫人，我的妈，刘学询准备把这一大家子都葬在刘庄。这地方平时进不来，可我太想来了，明天你们上雷峰塔，我在这里找刘学询的遗迹。还有他的老对头康有为，他们一个住在丁家山上一个住在丁家山下，罗以民引用了两句词来形容：山下旌旗在望，山头鼓角相闻。我把资料也带来了。我做博士论文刚好用得着……怎么这么晚还出去，访鬼啊！

师哥师姐在许多问题上各行其道，但有一个共同点，都非常饶舌。他们在一起的主要任务就是不停说话，不停地吵架与和解构成了他们的恋爱史。但师哥显然贼心不死，他让师姐先回宾馆，说他们就到对面"香薰护发"理发屋清理一下。

师姐一听这话，不冲师哥冲子虚，说：媒体真不能待，把人都教坏了，子虚这么古典一个人，怎么也睁着眼说瞎话。哪有什么美发屋？对面是茶园、小树林，再过去是浙江宾馆，再过去是茶博馆。什么"香薰护发"理发屋，骗鬼！

子虚听到这里更想回去了，他可不想搅在他们的是非里。师哥推着子虚说：你给我去，不在"香薰护发"打理好别回来见我!说完一把拽着师姐,绑架一样地带着她回宾馆去了。

天黑了,临水的宅园幽暗寂静,湖面滑过了夜鸟,子虚听到翅膀拍打的声音。他慢慢往前走,穿过这没落名绅的私家别墅,水竹纷纷,从意象的小径划面而来。

在大门口他停住了,哨兵盯着他,子虚想:到底是国宾馆,有如此礼遇的,除了汪庄,也就是刘庄了……继而他眼睛一亮,对面绰约的小树林中,他看到了用淡黄色的霓虹灯镶成的"香薰护发"——大玻璃窗内坐着绰约的美人。撸着自己确实需要打理的头发,他想,真奇怪,怎么来了几天,就一直没有发现这个地方呢?

一间屋,一把椅子,一面镜子,一面窗,一扇门,一盏灯,一个美发师,一把客座。子虚看见女主人从大镜子里走来,问:香薰护发吗?

站在身边,果然是不确定的咫尺天涯。子虚有种恍恍惚惚的满足,放松四肢坐在发椅上问:什么是香薰护发?

美人递给他一张漂亮时尚的说明卡。她身上散发着一种草花之香,走动时发出风铃声响……霓为衣兮风为马,云之君兮纷纷而来下……子虚迷迷糊糊地想起李白的诗,看着说明书:

……一句洋溢爱慕倾情之意的宣言,

［明］沈周　有竹邻居图卷（局部）

充分流露着人类对至善至美、感情和谐的渴求，香薰表达温馨，丰富情感，香薰象征女性纯洁温柔的心……我要色彩，我要奔放热情，我要点染明媚潇洒怡人的秀发魅力……

先生您笑什么？美人贴近到他身边，近乎狐媚。她看上去介乎二十岁和四十岁之间，她像是少女，又像是母亲。子虚说：小姐，您的这套程序不适合男士吧。我只是洗头，吹干就可以。

美人十指纤纤，在他双肩轻轻一点：别叫我小姐，现在小姐已经被叫出歧义来了。我姓吴，吴悠，认识我的人都叫我悠悠，《纤大的爱》里面的"纤绳上荡悠悠"的悠……

子虚能够感觉到悠悠两手十指又微妙又率直,且富有弹性地压在他头皮上的节奏,他看到镜子里她在撩起他的头发,像半把折扇一般地徐徐打开。他听到她在他耳边吐气如兰:您多像从前的书生啊,像刘庄从前走出来的少爷。我要给您做香薰护发……

子虚感觉到发椅缓缓地放下来了,他的上身往后仰去。美人的话像催眠一样,让子虚恍兮惚兮,然后他突然心一跳,睁眼问:从前走出来的少爷,你认识刘庄从前的少爷?

悠悠抚摸着子虚的长发,像是要平息他的惊愕。她说:住在这一带的人,年纪大一点的,谁不知道刘家少爷啊,1950年参军,抗美援朝，再没回来过。还有那个姓范的八姨太，常常在西湖上往来，后来搬走了……这里的老人，谁不知道这些老事啊……

您可不像是个老人……

美人轻轻笑了：谢谢您的夸奖。您明天不是要报道雷峰塔的发掘了吗？瞧，我这里有些雷峰塔的报道。您看吧，香薰护发不影响您看报。

子虚迷迷瞪瞪地接过报纸，顺便问：您怎么知道那么多啊，连我住在刘庄都知道……

您已经在刘庄住了三天。与您在一起的那位先生是杭州城里报道雷峰塔最多的记者吧？刚才他不是在我眼前走过吗？他告诉您我朝他笑了一下吗？你们之间一定有人会来的……

文学传统——答客问

在文学传统中,文人常常拟造双方,以辩论的方式阐述自己的思想,如司马相如的大赋——《子虚赋》和《上林赋》。

楚国使者子虚先生出使齐国,向齐国的乌有先生讲述随齐王出猎时,自己向齐王极力铺排楚国之广大丰饶之事。而这引起了乌有的不服,他便以齐国之大海名山、异方殊类为例,极力证明齐国之宏达。

子虚与乌有并非实人,他们都是司马相如的口舌,文人选此方式,目的是夸耀文采,表现汉王朝的雄浑气魄。

他本来就是要跟我一起来的，不过后来他有点事情……美人轻轻地嘘了一声，意味深长地说：我想还是你来更好……

子虚盯着镜子里的他自己的影子。他是个老实人，还从来没有见识过敢这样和他说话的女人。他生活的当下时代里好像没有这种女人。子虚想起了张岱在《陶庵梦忆》里形容的朱楚生：其孤意在眉，其深情在睫，其解意在烟视媚行……

这张剪报，篇名叫《雷峰塔旧闻新说》，不知发在哪家报纸上，记者是谁。但开门见山第一部分就让他疑惑。小标题为《雷峰塔是个谜》，文章说：随着雷峰塔地宫的开启，有关塔的一切旧闻再次牵动人们的视线。子虚读到这里微微一怔，打开地宫起码得是明天的事，这里怎么说地宫已经打开了呢？

再往下看疑问越多。按理第二部分就是解惑的，小标题叫《华严经刻石——解疑高手》，但文中提到的几个疑案本身就让子虚更疑问重重。疑案之一：建塔，是为了奉藏佛螺髻发舍利，还是庆贺王妃生子？这一疑案尚可解答。去冬今春的考古发掘，那八面镶在塔身里的《华严经》残石越聚越多，以至于有专家评论说此石已经成了雷峰塔早期历史之核心文献史料。残石中还有钱俶所作《雷峰塔〈华严经〉刻石跋》，其中讲到奉藏舍利之事。但疑案之二"地宫出土大批铜钱有何说法"就让子虚大吃一惊，当他看到疑案之三"地宫出土的金涂塔代表了吴越国最高工艺水平有何根据"时,他手拿着报纸抖了起来,报纸一飘到地,悠悠弯腰捡起笑问:一张报纸就把你吓成这样?

子虚想问这是谁写的,还没说出来,悠悠就回答:就不能提前说一些东西吗?谁都可以假设。

她轻轻把子虚又按回了座椅,她的双手香喷喷,手指是真实的,有血有肉的,散发着热气的。子虚踏实了下来:这假设也太像真的了。说完这话,子虚就感觉到一根玉指在他后脑勺上轻轻一点,嗔道:胆小鬼,不看这个了。来,喝茶压惊。

悠悠的敬茶也与众不同,她捧卜的不是那

种一次性茶杯,而是一把印有图案的白瓷壶。悠悠笑着说:正宗龙井茶哦!

茶壶热乎乎的,这让子虚也惊奇不已。他没看到悠悠倒茶,但茶香扑鼻。子虚喝了一口,满嘴的茶水没咽下,指着白茶壶上的图案,突然就呛住了。悠悠就拍打着子虚的背说:一个研究生,什么东西没见过,还那么一惊一乍?

子虚继续指着茶壶,结结巴巴地说:雷峰塔……雷峰塔……

这是一把绘有西湖旧景雷峰夕照的水墨山水画的瓷壶。壶的背面是"雷峰夕照"的字样,还有一排题款:乙酉夏月某某某兄清玩某某某敬赠。子虚想仔细看清楚人名,不行。他对天干地支是学过就忘了的,顺手抓过理发台上的一支眉笔，想笔算乙酉是何年，被悠悠挡住了：费什么劲啊，不是1885年就是1945年。见子虚一脸惊讶，悠悠淡然一笑：当初雷峰塔倒时，聚集在夕照山的百姓成千上万，竞相捡拾雷峰塔遗物。后来孙传芳的官兵再来抢搜，翻天倒地，不知收去多少东西。事不过百年，民间还不知有多少宝贝呢。

正是踏破铁鞋无觅处，得来全不费功夫，子虚说：我敢说你这里就有。我要写雷峰塔的报道，正发愁整天炒冷饭，你这个"香薰护发"里是有独家新闻了。

他也没有心思护发了，刚站起来，又被悠悠按下去，说：你性急什么，护发就护发，捎带看说说陈年旧事，也就是说说罢了，你还当真了。

子虚说：我可是靠挖陈年旧事吃饭的。现在博士毕业都不好找工作，别说我们这些硕士。想到报社混口饭吃，饭也不好混。前天还去参加了一个"飘一代"酒会，我倒是在飘，也就是个漂泊的流浪汉吧，这"飘一代"打肿脸充什么胖子啊！

子虚的话说得悠悠笑了起来，两只手一边轻轻在他头上动弹着，一边说：你想拿老底子的事情卖钱，这也不是什么难事。知道衢州市文管会的那块雷峰塔佛像砖吗？

子虚老老实实地回答说：不知道。

悠悠说：明天发掘雷峰塔，你仔细看着，要是发现有雷峰塔佛像砖，你就有东西写了。

衢州博物馆的那块佛像砖，已经被鉴定为国家二级文物，青色，长三十六厘米，宽十八厘米，厚六厘米，上面有泥条堆塑粘制的题文和一尊双腿盘坐、入静养性之态的佛像，题文这样写道：天下兵马大元帅、吴越国王钱俶造此佛十八尊，舍入西关砖塔充供养。

子虚顶着一头香薰护发油，严肃地看着镜中的悠悠，说：哪怕你是一个鬼我也不憷你了。你到底是谁，你怎么知道雷峰塔那么多事？

悠悠也严肃起来了：难道只有你们当硕士、博士的人才可以拿钱买往事，我们洗发妹就不可以了吗？洗发妹倘若知道得多些，就是妖魔鬼怪了？

有你这样的洗发妹吗？我看你考个硕士也

绰绰有余。你要真是洗发妹,也应该是个陈白露式的洗发妹。

子虚平时是不太会说话的,也不知道是不是见了美人,心神摇动,竟然弹出那样一番贾宝玉式的情调来,但悠悠果然就高兴起来,一边按摩他的太阳穴一边说:你是说曹禺先生《日出》里的陈白露吗?这倒是挨着我的一点边了。看你满肚子鬼胎,想知道我那些雷峰塔的知识是从哪里来的吗?好,免你疑神疑鬼,我这就讲给你听。

虽然要说雷峰塔,不过先要从眼前的刘庄讲起。您不是住在刘庄吗?现在那儿对外都叫"西湖国宾馆",那是对外人叫叫的,我们杭州人都叫它刘庄。为什么叫刘庄呢?我考考您。

子虚说：杭州人从明朝开始，就把在西湖边建的私宅园林叫作庄，前面冠以姓名。这个刘庄，就是因为广东香山的刘学询在北京会试完南归时路过此地，见西湖美好，便在这里造的园林。天下好山水，也不见得就只有西湖一处，凭什么刘学询把家从岭南迁来？那是让宋庄激的。宋庄就是今天的郭庄，就在前面卧龙桥边，当年辛亥义士王金发在小车桥监狱被朱瑞枪毙，就葬在桥边不远处。这些常识考不倒我。

悠悠打断了他：好了，你就别说被枪毙的人了，我说说差一点就当总统的人。别小看刘学询，他十二岁就在家里悬了一条幅：不扫一室。他成年后就迷两样东西：宝刀和美人。他

减字木兰慢·雷峰夕照

[宋] 周密

塔轮分断雨,倒霞影、漾新晴。看满鉴春红,轻桡占岸,叠鼓收声。帘旌。半钩待燕,料香浓、径远趁蜂程。芳陌人扶醉玉,路旁懒拾遗簪。

郊坰。未厌游情。云暮合、谩消凝。想罢歌停舞,烟花露柳,都付栖莺。重闉。已催凤钥,正钿车、绣勒入争门。银烛擎花夜暖,禁街淡月黄昏。

和孙中山是老乡，反清也是顺理成章之事。除了反清，他更恨康有为，还和李鸿章有牵连。刘学询这个人，四十五岁之前是很有抱负的。孙中山曾经写给他一封信说：……主政一人，或称总统，或称帝王，弟决奉足下当之……

你想一想，弟不就是孙中山的自称吗，足下指的不就是刘学询吗？这不是明摆着让刘学询当总统吗……喂，你睡着了吗？悠悠突然停止了按摩，问。

子虚吓了一跳，连忙说：没有没有，我仔细听着呢。不过到现在雷峰塔还没有出来。

马上就来了。刘庄是1898年开始建的，每亩两百银圆，算是高价了。1900年刘学询急流勇退，淡出江湖，与风花雪月和经济打交道去了。他把全部财力精力都投入其中，当时还取了个名字叫"水竹居"。这别墅造了五年，最初的建筑面积是一千三百六十九平方米。

子虚忍不住又说：你别怪我疑神疑鬼，你知道的事情么多，都该到社科院做学问去了，怎么还在这里洗头呢？

悠悠长叹一声：命也，运也，不堪回首也。知道刘庄里那二大八小的刘氏故圹吗？

子虚微微一愣，突然想到师姐刚才兴冲冲地跑来要看刘家老坟之事，心里一紧，就觉得窗外林下之风呜呜咽咽地响了起来。他下意识地就探头往外看去，一片黑暗中，有两三点星火。他就屏住了呼吸，全身的骨缝收紧了。

感觉到手指还在头上弹动，又听美人悠悠

那远远近近的声音飘过来：故圹就在迎宾馆旁边。水竹居的迎宾馆啊，你是没有见过的。面湖而立，坐西向东，高大巍峨，画角飞檐，大厅内左右各有一面巨镜相对而立，红木为托。客人入内，左右环视，两镜相交。厅内钟鼎字画，满壁皆是。中堂高悬陈璃书的对联：故乡亦有西湖，一半勾留，行橐且榜蕉屏石；旧宅尚留南海，三千里路，别梦应寻荔子湾。迎宾馆的左边就是刘氏家祠。

子虚听得头皮发麻，悠悠轻叹一声说：你若害怕，我就不说了。你现在走也来得及，我也不要你的钱。香薰护发，不做完是不能要钱的。

子虚死要面子活受罪地钉在椅子上：我怕

刘庄 ［美］西德尼·甘博 摄于1917—1919年间

一名水竹居,是晚清刘学询别墅。面积36公顷,背山濒水,环境幽静,被誉为西湖第一名园。

什么,大不了是蒲松龄笔下的书生遇到狐仙花魂,我师哥刚才还说,宁在花下死,做鬼也风流……

悠悠又笑了,声音如玉佩叮当,充满了人间的气息:行,你不怕我就继续说了。这些故圹里,那两个大的,是准备用来葬刘学问和他的正房夫人的。那八个小的,葬的是他的如夫人……

子虚心想,不就是公开地包了八个二奶吗?嘴一张,却换了口气:知道,也就是姨太太的意思。

子虚心里一亮:你是不是想告诉我,雷峰塔的倒塌,和刘家的姨太太有关?

你要那么说,也不是不可以。不过容易造

成歧义,人家还以为刘家的姨太太是白娘子复生呢,哪里有那么浪漫啊。

民国十三年,也就是1924年9月25日下午近两点钟时,孙传芳的军队正往杭州城开拔。研究《红楼梦》的大学者俞平伯先生当时年轻,正在俞楼休息,夫人许宝驯此时凭栏眺望。刘学询的第八房新姨太则坐花轿从虎跑一带过来,还未到西山。突然,雷峰塔顶上冒出了一股数尺高的尘柱,栖居塔上的群鸟惊飞四散,塔顶被掰成两半;几秒钟后,塔顶部分即向塔中心陷塌,轰然一响,形同老衲的雷峰塔就像坐瘫一样陷塌了。夕照山黄土飞扬,漫山遍野升起云烟,鸦雀满天尘埃蔽日。雷峰塔荡然无存。

当那位坐在花轿中的姓范的姑娘发现自己

被人搁在路上时，她伸出玉手撩开轿帘，看到的正是雷峰塔倒塌的情景。抬她的轿夫们不见了。花轿旁杭州人一阵风似的往夕照山上跑。她拉住一个打听发生了什么，那人匆匆告诉她说雷峰塔砖是通了佛性的，包治百病，逢凶化吉，保佑一生好运。新娘子一听便果断下了花轿，她不是小家碧玉，和刘学询就是在社交场上认识的。如果生活在上海，也未必就不是另一个陈白露。之所以嫁到刘家做老八，完全是因为父亲破产，把她当礼物送给刘家，刘家则免了范家的灭顶之灾。

范姑娘是受过中等教育的，原来也寻死觅活的不肯，后来父亲说你不用死，还是我去死吧，就去跳了盲骨牌弄口家门前的那口井，被

江南园林

江南园林是中国古典园林的独特代表，折射出中国文人的自然观与世界观。它常常临水而建，着重于运用水景、古树和花木来创造素雅而富有野趣的意境，强调主观的意兴与心绪表达，重视掇山、叠石、理水等创作技巧，突出山水之美，注重园林的文学趣味。园林建筑因景而设，并巧于借景，常给人"一步一景""移步易景"之感。

众人救了上来，范姑娘就不再闹了。

你该知道了，范新娘没有那种被人扔在半道上的惶恐，她拉下她的红盖头捏在手上，就跟着大群人马上了山。

杭儿风，一蓬葱，花簇簇，里头空。此时杭州城已经万人空巷，都往南山一带跑来。就在新娘子加入捡雷峰塔砖的队伍时，孙传芳的一队士兵也赶到了，他们一边赶着百姓下山，一边自己也捡了起来。杭州历来就是东南佛国，有佛在，什么孙传芳爷传芳的，都靠边站去。老百姓们前仆后继地往废墟上冲，士兵们往下推，百姓们爬起来又往上冲，像是不要命了。有的人已经捡到宝贝，还想多捡一些。新娘子挤在人群中，嫁衣也挤脏了，人也被挤得花鬟

雷峰塔圮甲子一周,
同游零落,
偶引曲子不云诗也

俞平伯

隔湖丹翠望迢迢,
六十年前梦影娇。
临去秋波那一转,
西关残塔已全消。

松散,脂乱眉错,压倒在地。

眼见得人群往她身上就踩了过来,万分恐慌之际,她突被一只手拉住,拖了出来背下山去。新娘子惊魂甫定,泪眼婆娑,就听那人一声吼:你找死啊你!新娘子抬头一看,耳边一声巨响,雷峰塔又塌了一次:完了,前世的冤家!早不出现,晚不出现,这种要命时候,你出现了。

子虚听到这里,忍不住插了一句话:这个人该不是孙传芳部队的青年军官吧?

悠悠倒是有些奇怪地问:你怎么知道?

子虚说:听上去就像是一个传奇故事嘛!

悠悠有些不高兴了:你是说我讲的事情全是瞎编的了?

不是不是，绝无此意。生活永远大于我们对生活的认识，这是我从一位女作家那里听来的。当时觉得有点做作，现在听了一点也不奇怪了。

好吧，我就不说把新娘子救出来的是什么人了，反正你已经猜到了，他当时的公开身份是孙传芳军队的青年军官。是他把半昏半醒的新娘子背下山。那军官说：哭什么，不就是几块破石头吗，你要我这里现成就有一块，拿去。

子虚再一次多嘴：就是那一块你提到的雷峰塔佛像砖了吧。

悠悠的手不在子虚的脑袋上动弹了，他回头一看，她正坐在柜台后面生闷气。他问：我说错了吗？不是雷峰塔佛像砖吗？

他觉得这一切都很有趣。感谢师哥给他提供了这样一个机会。他说：别生气，我是瞎猜的，逗你玩呢。

悠悠绷着脸坐了一会儿，突然就松开了，扑哧一声笑了出来，说：讨厌！过来，洗头！

子虚就乖乖地走到水龙头前，水是温的，他低下头去，水漫过了他的前额和眼睛，他舒服极了，真是温柔乡啊，他想。然后他听到她问：还想听吗？

子虚连忙说：想听，想听，你讲什么都好听。

那我就接着往下讲了。新娘子用那块红头巾包了佛像砖，青年军官让四个士兵抬着花轿，他骑着马跟在后面，一路护送，进了刘庄。那

雷峰塔、凉亭 [美]西德尼·甘博
摄于1917—1919年间

年，刘学询已经七十多岁了。范姑娘才二十。青年军官没有送她进洞房，转身向外走的时候，范姑娘叫了他一声哥哥。那军官就站住了，新娘子就说：哥哥，你给我陪嫁的佛像砖，我一辈子都会藏在身边。哥哥！

讲到这里，她停住了，子虚觉得奇怪，侧过脸看，悠悠正掩面暗泣。子虚抬起水淋淋的头，在金黄的灯光下呆呆地看着她。他想：这是怎么啦，这不是"三言二拍"中才会发生的事吗？

可是她又不哭了，一边利索地擦着子虚的头一边说：我给您吹一吹干吧，否则会感冒的。

子虚就觉得他的头热起来，他靠在椅子上，舒服得几乎要昏昏睡去，好半天才想出一句他想说的话，然后用懒洋洋的声腔说了出来：……明天，我跟你在哪里见面……

话音刚落，他就觉得整个脑袋被人抱住了，他听到一个惊喜的声音：……真的吗……明天晚上在中山公园的武亭好吗？

子虚带着最后的清醒：……什么是……武亭？

陶醉的子虚啊，找不到北的子虚啊，他不知道自己是怎么回到刘庄的。好像一阵仙气吹拂，迷迷蒙蒙间他摸到了一扇门，他跟跟跄跄地走进去。床上突然直起一个人的半身，师姐紧张地说：我们以为你回家了……

子虚得意忘形地一屁股坐到沙发上，说：

没关系，早就见过你穿泳衣的形象，我可是君子的二次方，既不好色也不淫。

师姐就拍拍赖在床上不起的师哥：喂喂，你看看你师弟被你害的，找不到洗发妹，只好借酒浇愁去了……

师哥还是不起来，躺在被窝里说：半夜三更你还回来干什么，真的是被花下鬼迷住了？

子虚长叹一声：……迷人啊……

师哥像被火烧了屁股一样，立刻就跳起来，眯着眼睛，打开床灯就问：谁？谁迷人？说得跟真的一样，真碰上了？

子虚继续回味着，一字一句地赞曰：香……薰……护发……啊……

师姐就碰碰师哥，说：不得了，说得跟真

的一样。编出香薰护发来了，可见确是有其兄必有其弟也。

师哥又躺下了，说：算了子虚，你就别写小说了，你师姐押着我都去侦察过地形了。你就实话实说吧。

师姐同情地看着他：行了子虚，睡觉去吧，你看你把房间门都开错了，一个人喝酒容易醉。

话音未落，只见子虚突然直冲过来，拔着自己的头发对他们吼：我的头发是香薰过的。你们闻闻，你们闻闻……

师哥跳起来盯着子虚说：我都投降承认自己是大白天做梦产生的幻觉了，你还替我撑个什么脸面呀。承认了什么艳遇都没有，不丢脸。明天雷峰塔的事情完了，让你师姐替你找个好的……

子虚茫然地看着师哥：你也不承认有她了……

师姐一边摸摸子虚的脑袋一边怜悯地说：你看你师哥这个色狼把你坑害的。找不到什么香薰护发你就回来嘛，何苦大老远又跑到城里去做个假的再来行骗？我们都出去仔细找过了，那边是漆黑一片的树林，什么都没有，要不是对面有刘庄，整一个荒郊野外了。

……什……么……子虚的眼光迷离起来了，他捧住了自己的头发：可是，我的头发，它是香的……她的手指印还在我的头上……

师姐抱住师哥的肩膀：……子虚着魔了……

师哥连忙起床扶着了虚回自己的房间：你

苏小小墓

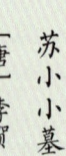

[唐] 李贺

幽兰露,如啼眼。
无物结同心,烟花不堪剪。
草如茵,松如盖。
风为裳,水为佩。
油壁车,久相待。
冷翠烛,劳光彩。
西陵下,风吹雨。

给我冷静一些，什么也别想，什么也别说……一进门师哥就把所有的灯打开，把子虚按在沙发上问：实话坦白，是不是真的看见那美人了？

子虚点点头，摸摸自己的头，满意地眷恋地回味：瞧，在这儿呢……她叫吴悠，她让我叫她悠悠……子虚盯着天花板炫耀着。师哥终于开了口：我确实和你师姐到过现场了，的确什么也没有发现。没有"香薰护发"，也没有美人，更没有你。

子虚冷冷地说：你的意思是，你不相信亲眼目睹的事情。

但你很可能是得了夜游症。不对，除非我俩同时得夜游症。这种概率太小了。那么你今天确实和美人在 起了。而且你已经知道她叫吴悠。子虚见到了吴悠,也就是子虚乌有。师哥缓缓地移过脑袋,说:你知道你见到的是什么吗?

子虚吐了一口长气:不知道……不过她肯定和刘家故圹里的那些如夫人有关。你想知道刘学询的第八个姨太太是怎么样被娶进刘庄的吗?就是那一天雷峰塔倒了之时。你有兴趣听吗?太传奇了,明天晚上,我们要在孤山的武亭约会。不见不散,哪怕等到天亮……

为什么是武亭呢?师哥问。子虚笑了,说:我也这么问悠悠,为什么是武亭呢?悠悠说我很快就会知道的,她还让我回去查一查去年4月5日的《杭州日报·下午版》呢。听上去的确有点鬼气森森。子虚打了个哈欠,他终于闭上了眼睛。

无论子虚怎么样地被美人迷住，第二天他还是被雷峰塔套住了。谁都没想到，包括新华社、中央电视台、香港凤凰卫视、北京青年报等在内的全国数十家媒体的上百名记者同时拥到了夕照山，子虚他们这些本地报纸的小报记者被挤出圈外，这始料未及的场面让有关方面大伤脑筋。最后大小记者一律平等，统统被赶到山下的西子宾馆里去看电视台的现场直播。师哥半发牢骚半得意地说：好嘛，昨天住在西湖国宾馆，那是刘庄；今天跑到西子宾馆，那是汪庄，都是最高级别的待遇了，看不到现场我也认了。

子虚则打起精神，尽可能仔细地记录了发掘的全过程：

9：00

三架摄像机对准地宫发掘现场，一场与废墟的现场对话，终于开始了。这是一个距离地面二点六米深的坑，地宫口就在底下。一块重七百五十公斤、近一米长的石灰岩石镇在上面，被解除了法力的白娘子若真压在下面，要上来哪么容易。法海啊，你够狠的。闲话少说，言归正传，我还是回到当下来。大家都静静地坐在电视机前。

9∶10

徐苹芳先生出现在屏幕前,作为中国社会科学院考古研究所前所长、中国考古学会理事长,他的"秀"做得又学术又时尚。他的预测很给人鼓舞:从目前情况来看,地宫没有任何被盗的迹象,相信会有很多文物出土。其中会包括佛舍利、法器和宝物。

9∶15

现在开始抬顶石了。考古队员们使用的工具是铁链和辘轳。这是一种很原始的操作方式,但除此之外也想不出更好的。

汪庄　吴国方　摄于2000年

汪庄位于夕照山麓东北侧,原系安徽茶商汪自新的私人庭院,现为西子宾馆。

9:45

大石头终于被五名年轻力壮的考古队员移到旁边,现在,一块宽和长都有九十三厘米,十三厘米厚的正方形石板,露在了人们面前。这也是一块石板,上面堆满岁月的尘埃,还洒落了几十枚古钱币。发掘现场总指挥、浙江省文物考古研究所所长曹锦炎告诉大家说,这是五代十国时期通用的开元通宝。

盖板周围出现了一层砖,啊,原来这盖板是嵌在这砖里的。这会不会是悠悠所说的佛像砖呢?不是,不是,这些砖石上没有刻东西。

开始撬石板了。可惜,十全十美几乎

是不可能的，石板出现了裂缝。白娘子如果关在此中，化为一缕芳魂，是可以从中逃脱了。

11:20

大家都紧张得如身临其境一般。地宫里究竟会有什么呢？……简单但并不容易，没有那种让人瞠目结舌的现场，可一个谜套住另一个谜，又一个"中国盒子"出现在众人面前。地宫中央，一只铁函稳稳地放在当中。在它与墙壁之间，卡着一尊铜佛像，周围散着许多的钱币。我注意到了，在地宫的四角，放着四面圆形的铜镜。

徐苹芳先生说，铁函里面会有铜函，铜函里面会有宝贝。这不能不使我想起六朝时吴均的《阳羡鹅笼》，这就是一个典型的从一个东西里再生出另一个东西的无穷的循环过程。这就是一生二，二生三，三生万物的意思吧？不过吴均的构思套路也很有可能就是从佛教《譬喻经》中来的。也就是说，从雷峰塔隶属的文化中来。

12:00

铜镜取出来了，刻有"官"字，还有"匠人倪成""都省铜坊"字样。看样子这姓倪的与官办企业有关。

15:00—16:00

大家都在那只铁函上花功夫,要把它取出来也不是一件轻而易举的事情。还是先说说青铜佛像之事,非常精美,带有那个时代的印记。师哥跟我打赌说这件文物肯定属于国家一级。我不跟他赌,因为他总是对的。

22:30—00:00

我被两种情绪煎熬着,一种是迫切想看到眼前正在发生着的发掘雷峰塔现场的整个事件的过程,我想看一个水落石出。另一种是更加疯狂地想立刻赶到孤山的武亭去和悠悠约会。不过我现在还是盯在电视机前,我看到了一些铜币啊腰带啊玉器啊手镯啊,还有一样东西我看不明白,经专家解释才知道是臂钏。还有一些丝织品,都烂得差不多了……铁函终于被移出来了,又发现了一座小铜佛,但我已心不在焉。我跟师哥说,我必须走了。师哥很吃惊地问我到哪里去。我觉得他真是事不关己高高挂起,难道当年他与师姐约会的时候我也这样冷漠吗?他显然明白过来了,大叫一声:现在几点了,半夜三更,你真是要跟鬼约会去啊……

我突然心生不悦,站起来说:跟鬼约会是我的自由。

子虚在迟到几乎六个小时之后，终于赶到了孤山。他本来想从中山公园大门口进入，因为武亭就在公园大门进去不远处，但大门已经紧紧闭上了。师哥的话其实并不夸张，这样春寒料峭的季节，凌晨一点钟出现在孤山，不是和"鬼"约会又是和谁？子虚变通了一种走法，从平湖秋月鲁迅像前的那条孤山小道上绕道走，七弯八弯，终于弯到了武亭——哪里还有什么美人守着抱柱之信啊！子虚的心刚才火烧火燎，此刻拔凉拔凉。他在夜半三更的山风中，惴惴地发起抖来：不是不见不散吗？天亮时子虚还坐在武亭里发呆，见到师哥师姐出现在他面前时他冻得说不出话来了。他们送上一盒热奶，他一口气吸个精光，师姐一边搓着他的脸一边说：子虚我佩服你，21世纪中国古典书生的爱情观，我真的佩服你……

师哥一边搓他的手一边狠狠地说：闭上你的乌鸦嘴！子虚都这样了，你还挖苦他。

师姐就急了，把子虚的脸搓得变了形：谁挖苦他，谁挖苦他谁就不是女人！我是真的佩服他能这样投入地爱人，简直就是奇迹。你要有他十分之一，我就替你做牛做马一辈子——

子虚摇摇手就不让他们说下去了：行了，我承受得住，别找个理由安慰我了。他诚恳地面对师哥说：两个人同时梦游的事情，以往我确实没有听到过，现在我们要相信这是有可能发生的。

师哥师姐对了一下目光，师姐就小心翼翼

地问：子虚你现在好一点了吗？子虚说我没什么不好哇，被某个女人玩了一把嘛！这有什么稀奇，人生经历嘛，小说题材嘛，这有什么不好的。

师姐说这我就放心了。不瞒你说，昨天你们忙了一天我也忙了一天。我去考察你那个悠悠的身世了。先是考察她说的要在武亭和你约会的原因，她为什么要让你看2000年4月5日的《杭州日报》呢？我查了，那天果然有一篇报道，叫《"武亭"是亭是塔？》，是市民雨友和裘乐春考查出来的，说我们现在所处的这个武亭，实际上是一座仿吴越宝箧印经塔形制建的单层四门方塔。

确实是那么一回事情，不过这和雷峰塔有

什么关系，和在这里约会又有什么关系，这还是一个谜。师哥把子虚就拖出了武亭。现在他们站在大大的红色的"孤"字下面了。子虚打了个寒战说：孤山，这个孤，真是好，真是千古流芳的好名字！

师哥说：我琢磨了一夜，也没有把你的奇遇记琢磨明白。这件事本来应该发生在我身上的，你只是我的替身。你看这个武亭，它也是建于1924年的，是纪念华洋义赈会为浙江水灾募捐赈灾。这是北门额吧，上面还写着"华洋义赈会造塔湖滨"。难道你那位悠悠和传教士有关？

子虚吃惊地问：你又相信有一个悠悠了？

师哥也问：你还真以为她是一个鬼魂？

子虚说：我不知道该怎么解释她，也许她和刘学询的那个八姨太是有关系的。她那么了解八姨太的事情，不过她没有说她和八姨太究竟是什么关系。或者她是她的后代？或者她自己就是八姨太鬼魂变的？我实在难以相信，尽管八姨太是个陈白露式的20世纪20年代的时尚女郎，也不可能知道八十年后的事吧？再说她那么年轻，八姨太要是在，应该有一百多岁了。

师姐不再搓他的脸了，她神情严肃地说：我不得不告诉你，在你看来是传奇的故事，在我看来，却是一场骗局。你讲的那些小老婆姨太太的事情，在《刘庄百年》中全部都有，关于八姨太的记载也很详细，你要不要看一看？

子虚摇手：我不看，肯定和悠悠说的不

一样。

师姐说：不是不一样，是大相径庭。你说的八姨太是雷峰塔倒的那一天嫁到刘家的，并且其人还是杭州城里的陈白露。而实际上那个真正的八姨太虽也姓范，名叫范媛英，却根本不是杭州人，是刘学询的老家广东惠州人。1907年出生，十九岁那年嫁给了刘学询，当时刘学询已经七十多岁了。我算了一算，那应该是1926年，那时雷峰塔已经倒了两年了。而且她也不是直接嫁入刘庄的。刘学询虽然做了十个坟，希望死后在西湖边也能够如生前一样妻妾成群，但活着时他的许多日子是在上海度过的——上海愚园路的愚谷村96号，八姨太是从上海搬过来的。再说，她也不是出生在破产的大户人家家中,她不过是刘学询大女儿的一个丫头,后来刘学询把她收了房,成了最小的妾。五年之后她生了一个儿子。

子虚听到这里,眼睛睁圆了:是吗?是有一个儿子吗?是有一个刘家的少爷吗?如果五年之后他诞生,那应该是1931年前后的事情吧。我的意思是说吴悠的确不止一次提到过刘家的少爷。不好意思我打断了你,请您继续说……

……因为这个儿子,八姨太在刘家的地位高了许多,一度掌管了门户。到1953年时,就是这个范媛英把刘庄献给国家的。她从刘庄搬出来,先是住在南山路广福里,后来又搬到直骨牌弄24号。她没出嫁前就是一个丫头,从刘庄出去后又给人做了保姆。死亡日期罗以民先生也已查出来了，是1969年10月15日，忌日也就是她的生日。她在这个世界上不多不少活了六十二年。

说到这里师姐停住了，看着两个一声不吭的男人，问：要是不想听，我就不说了。反正你们都是时尚中人，对这些过时的姨太太的故事也不会有兴趣。

师哥连忙说：你说你说，我爱听，这个八姨太非常有意思，非常有意思，没想到你对她了解得那么透彻。你攻读杭州地方志还是选对了，杭州这个地方就是有挖头。

师姐说：你别又马屁拍到马腿上，关于刘庄我其实所知甚少，大多数资料都是从书上来的。关于这个八姨太，我也不多说什么总结性

的话语了,罗以民先生有一段话说得最好,我就用了他的。她取出那本《百年刘庄》读道:

> 杭之老人今犹忆及这位八姨太乘小舟至市区购物,往返湖上(在湖滨上岸)。没有什么文化的范媛英的苦撑,自有她自己的一番悲壮。她已没有任何收入,搬出刘庄,即从阔太太立刻变成了保姆。历史对她来说,画了一个圆圈,又回到了她从广东来杭州的起点:佣人。

师姐合上了书本,三人都无话可说,默默步出中山公园,看着湖上。早晨的西湖是清丽的,正是乍暖还寒、最难将息的季节,游人未至，西湖竟然就有些落寞了。师姐认真地看着子虚说：我现在非常希望那位吴悠能够在湖上出现。

师哥说：这是完全有可能的。这两天考古队还在整理雷峰塔里的宝物，特别是那只铁函，一定要打开，让人明白那里面究竟有没有宝贝。我相信吴悠不会那么轻易消失的。子虚你别的事情都别给我干了，你天天给我到这里来盯着，守株待兔。我们打赌，吴悠会出现的。

子虚低着头，缓缓地朝断桥方向走去。师姐讲的关于八姨太的故事，和他从吴悠那里听来的完全是两个版本。两夜一天的精神冲击，把他彻底搅糊涂了。

接下去的两天都是在师哥的骂骂咧咧和子

西湖缀春·郭庄春树春芽　吴国方　摄于2016年

虚的无精打采之中度过的。师哥骂骂咧咧，乃是因为雷峰塔地宫开启，对新闻界而言，无疑是一场媒介大战。记者们很快发现，要从考古队那里获得一些消息，实在是比登天还难。特别是在铁函出土之后，考古队方面实行了严格的新闻控制，开宝盒的过程，似乎比宝盒自身还神秘。师哥像热锅上的蚂蚁，从12日一早爬起开始，直到14日夜里，才终于捞到情报，不过那时各媒体也都基本得到资料了。

好在这一过程子虚已经被淘汰出局。他也不去报社了，回到学校，每天傍晚都到武亭附近去守候，可悠悠的影子都没有见着。他到刘庄对面的小树林里去过一次之后就不再去了，因为那里完全看不到"香薰护发"的印记。难道一夜之间它就搬走了？难道悠悠是外星人？是鬼？是仙？难道就是幻觉？子虚想得头痛，不想了。

师哥是15日白天跑到子虚那里去的。见子虚闷头睡在床上，一把把他拖起，叫道：找到了！子虚睁眼一看，眼前一张金光灿灿的图片，上面一件器物，无疑是新出土的，子虚问：是从那铁函里出来的吗？师哥就眉飞色舞地告诉子虚，铁函里藏着六样宝贝，其中就包括这一件，镏金银质金涂塔。从塔身的镂空处可以看到里面的金质容器。银塔金棺，佛螺髻发就藏在其中。

子虚听后想了想又躺了下去，说：大家都疯了似的去证实一件没有意义的事情。就算佛螺髻发真在里面又怎么样？

师哥又把子虚拉起来说：你看看你看看，你别只知其一不知其二。你看看这塔像什么？

子虚只好再次坐起来，看着看着，头皮就发紧起来：……好像，好像……

别好像了……就是武亭！从塔身四角的四根山花蕉叶，到整个塔的形制。你看看，是不是完全如出一辙。明白了吧。吴悠为什么让你到武亭来与她约会，她是暗示你，将要出土的会是一件这样的宝贝。

子虚目光就散了开去，本来就有些迷茫的表情现在就更加迷茫了：照你说来，吴悠确证无疑就是一个女鬼了？或者外星人？

师哥收起图片，点起烟：说到底我是不相

五代十国吴越国镏金纯银阿育王塔

现藏于浙江省博物馆

信鬼妖啊什么的，我宁可相信这是一种类似魔术的手段。一个小小美发屋突然不见了这有什么稀奇，美国的大卫还把自由女神像变没了呢。至于用武亭来暗示即将出土的银塔，这也没有什么奇怪。这种塔的形状，名叫"宝箧印经塔"，民间一直就有铸造的。历史上铁质木质的都发现过，不过银质的倒是第一次发现。子虚，你现在就到孤山去等她，说不定她就出现了。

子虚听到这里突然紧张起来：她会是特务吗？或者文物贩子？或者其他随便什么，恐怖分子？我宁愿她是鬼怪，鬼怪比装神弄鬼的人更安全。

师哥说：我比你还想弄明白这件刺激的事情，这事本来归我，可惜美差落到了你的头上。

吴悠者,邦德女郎也。至于她的神秘的出现,目的究竟何在?请看子虚出场,且听下回分解,起来吧你,给我干活去。

他一把就把子虚拖下了床。

　　子虚在武亭等到夜深人静,再一次确定吴悠就是一个"乌有者",心里反而平静了。走出中山公园大门口时,那管门的女人看他一眼,说:还没有来啊?子虚看了看夜西湖,黑暗中湖面竟然有几许苍茫,他想,瞧,连旁人都知道我在等人了。就笑笑说:没来。话音刚落,就听湖岸上一声婉转:……来了……子虚再朝湖上看,竟看出一只小舟的轮廓,一只白手晃动了一下,莺声悠然而出:……我来迟了……

子虚忍不住笑了起来，想到他家楼下的越剧迷，几乎一年到头都在播放越剧《红楼梦》。他走上走下，总是听到贾宝玉的那一句呼天抢地的道白：我来迟了……他周身奇异地暖和起来，便应道：不迟不迟，正是时候……也不知道怎么的就已经上了船。几日不见的吴悠披一块大围巾坐在舱中，笑嘻嘻地说：生我的气了吧？子虚坐在她对面，小舟就荡了开去，他也笑嘻嘻说：是人是仙还不知道呢，我生你什么气？

吴悠聪明，立刻回了过去：你是说是人是鬼还没弄明白吧，我要真是花下鬼还不把你吓死？子虚一点也不害怕，突然就扑了过去，坐到吴悠身边。小舟一阵摇晃，子虚说：你说我会不会被你吓死？吴悠轻轻地用长发扫了他的面颊一下：不怪我，我等你快到半夜，鸡叫前我得走。我想你是不会来了。我算什么，一个洗发妹罢了。子虚也不知哪里来的胆子，就把她的肩膀搂了过来：洗发妹怎么啦，香薰护发，谁有这样的绝活。悠悠就笑了：你真是孤陋寡闻，满街都是这种新玩意儿，我不过跟着人家学罢了。

子虚又说：那也不一样，人家有跟刘庄八姨太沾边的吗？悠悠这才叹口气说：这倒也是。子虚就乘胜追击：而且有哪个洗发妹说起杭州掌故来，跟你那样如数家珍。光一个雷峰塔，你看你说出多少名堂来。说到这里，这才突然想到问：你是怎么知道铁函里的金涂塔和武亭形制一样的？

悠悠哧哧地笑了起来，湖上的风轻轻吹过来，夜凉如水：你说什么呀，我可不是因为这个才把你约到武亭去的。实话跟你说，我想到那个地方，乃是因为当年八姨太和孙传芳的青年军官在那里相见过。子虚怔了一下，想：悠悠的八姨太也是真有其人的吧，同一个女人，口头叙述中和信史记载竟然完全不一样，于是成了两个女人。

悠悠不管子虚是怎么想的，她说：我知道你是怎么想的，关于八姨太，从来没有一本书上会写到她在1925年春天和那青年军官在武亭的约会，这有什么奇怪呢？史书从来就只记载整数，余数从来就是四舍五入的。比如我这么一个人，比如我们今天夜里在湖上，谁会记载。这都是记在当事者骨子里的事情。

情这种事情，从来就是说不得的，埋得不深，透露到人间，就成了饭后茶余的红尘俗事；埋太深了，和骨肉葬在一起了，有一天火化了，烟消云散了，也就弥漫在这样夜深人静的湖上罢了，几个人感受得到呢？

子虚连忙声明：你就不要谦虚了，我很想知道八姨太有没有跟青年军官私奔，大概是没有私奔成吧？

悠悠突然就激昂起来：这不能怪谁。八姨太约青年军官在武亭相见时，你知道青年军官已经是什么人了？

什么人？总不会是共产党吧。

悠悠严肃地低声回答：正是。青年军官就是早期的共产党人。这有什么奇怪，20年代，早期共产主义小组成员中有我们不少杭州人呢。不过1925年，那时候已经要开始北伐前的准备了，青年军官已经要往广州奔了。那时候不是共产党和国民党第一次合作吗，军官跑到广州，还加入了国民党呢。你说他能带上八姨太吗？刘学询可是要"反清复明"的。

他爱她吗？或者说她爱他吗？

难道这还需要我再重述吗？他当然爱她，但他更爱他的主义。他并没有想过要带上她私奔，他们在1925年春天的夜晚，也就在这样的时分吧，于武亭约会。那是因为刘学询那天夜里正好在武亭请客，八姨太一起去了。而青年

雷峰塔
宋懋晉

军官是被当作八姨太的救命恩人,进入被请之列。席间刘学询突然想到要取那块雷峰塔的佛像砖给人看,唯有八姨太知道藏砖之处,就请她驾舟去取,又请青年军官陪同,这才有了其中的故事。

子虚听到这里才算明白:你是说他们真正的约会地点是在湖上,武亭不过是个过场罢了。悠悠眼波一横,暗中往子虚掠去。子虚就明白了他们此时身在何处,悠悠为什么会荡一叶扁舟于湖上。仿佛一切都是为了重复以往实现的,或者实现以往未实现的——

……正是那一次武亭相见和湖上相会,使他们能够互诉衷肠。八姨太明确地表示了她爱他,她不爱那七十来岁的老人。青年军官也不可能不在这样的时刻无动于衷,他也承认了他一直在思念她,但无论如何这是不可能的,因为他要走了。那时候他还不能告诉她究竟要到哪里去,但八姨太听到这里就潸然泪下了。她边哭边说,刘庄虽美,于她却无疑是一座精美的监狱,而她也无疑不过是笼中的一只金丝鸟。

您知道那时的中国青年已经经过了"五四"新文化运动的洗礼了,何况八姨太是受过教育的女中学生。她渴望冲破牢笼,这种心情不是很正常吗?有一刹那青年军官真的动心了,他就问她,她想去哪里?八姨太早就向往法国或者英国了,她说他们可以一起出国去,到国外读书谋生,比在国内有意思多了。青年军官想到自己是要为主义去献身的,怎么可能带着一个姨太太私奔出国到资产阶级的所在之处去呢。青年军官就不得不正襟危坐起来，说：这是不可能的。他要去的地方绝对不是她能够去的地方。他也不会因为她而改变他的人生方向。八姨太听到这里哭着扑到青年军官的怀里，眼泪脂粉和口红沾了那青年人一脸，夜深人静的湖面上就一片呜呜咽咽起来。

那青年毕竟是喜欢八姨太的，在热吻与清泪之间，断断续续地应允了他一定会回来看她的，他会寻找机会来安排他们的未来的。在他们相别的岁月里，请她就把那块佛像砖当作他们的爱情的信物吧，见物如见人。这对旷男怨女就在1925年春天的夜西湖上海誓山盟，又黯然离别。此情此景，怎不让人想到林和靖的

西泠橋玩落花

《长相思》：君泪盈，妾泪盈，罗带同心结未成，江头潮已平……

青年军官并未食言，在经过了两年的苦熬之后他们再次相遇的时机，终于到来了。1927年春天，北伐军开进了杭州城。此时的刘学询已经完全没有了三十年前的政治热情，他的书房望山楼上镶的一联很能说明他晚年的心态：竹里坐消无事福，花间补读未完书。北伐军的进退也并未给他的生活带来更大的冲击。倒是八姨太心情激动，她知道她的心上人将随着革命的进程回到她的身边。她果然如愿以偿，青年军官带着他的队伍回到杭州，安顿好他的部队后就直奔刘庄。这时他是以北伐军国民党员身份出现的。

　　八姨太略感遗憾的是心上人没有直接来见她，而是先去见了年已古稀的刘学询。好在晚年的刘学询非常珍爱他的八姨太，和青年军官寒暄几句之后就立刻派人去把她叫来。一日不见如隔三秋，三秋不见又如隔几许呢？八姨太见了青年军官，他经过战火洗礼之后的神情越发沉毅刚健，举手投足中又增添几许沧桑，衰老的刘学询与之相比，实在是不忍目睹。好在她还能够控制自己，未流离人相思泪，只是站在一边奉茶倒水问安。她那小心翼翼的样子也不完全是装出来的。你要知道未曾给主人生下儿子的小妾，在家中实际上是没有地位的，况且在八姨太上头还压着七个姨太太外加一个正房夫人。八姨太是多么渴望与心上人再一次互诉衷肠啊。可是她立刻发现心上人变了，变得对她心不在焉了。她发现他与她重逢后目光的确是热烈地亮了一亮，但接下去的大部分时间，他就专心致志地听刘学询谈论天下大事了。刘学询一张口就是李鸿章、光绪和慈禧，真有白头宫女说玄宗之感。他们从共产党说到国民党，从孙中山说到陈独秀。在刘学询眼里，孙中山过于理想色彩，不足以成就霸业，蒋介石完全就是一个小字辈，但刘学询对他八姨太的救命恩人，的确说过要防蒋介石一手。然而他最咬牙切齿念念不忘的还是对康有为的仇恨，因为康有为曾经占据过他的水竹居，后来又紧挨着刘庄造了康庄，况且他们在维新变法前后就是死敌。青年军官耐着性子听，不时插几句关于对国民党和蒋介石的认识。刘学询说到最后，还是说到他自己的晚年爱好上来。他再一次让八姨太拿出那块佛像砖，说这样的佛像砖根本找不到了。他又指着砖上的题文"造此佛十八尊"问年轻人，在他看来，这句话是什么意思。直到这时候，年轻人才抬起头来，看着八姨太，问她的见解。八姨太也才说：老爷的意思是问，究竟是这样的造像有十八种呢，还是只造了十八件这样的砖？年轻人又问：那你认为是怎么样的呢？老爷就说：你不要问她，我就问你。年轻人想了想说：当然是后一种了。雷峰塔倒时，我就在场嘛，那么多人抢，后来就再也没有发现过这样的砖。它要是多，现在还会那么珍贵？

刘学询和八姨太听了他的回答都心生欢乐，他们和他的想法完全一致。在刘学询，当然希望这样的砖越少越好，物以稀为贵嘛。在八姨太，简直希望全世界只有这一块才好，才显得这爱情的信物之弥足珍贵。他们在一片融洽中告别，青年军官终于走了，刘学询让八姨太送他到水竹居大门口。一路上跟班走在旁边，他们什么体己话也不能说。直到青年军官翻身上马时，八姨太才含着眼泪问他什么时候能再来坐坐。那青年军官听了此话又下了马，轻轻地说：我会来的。遂又上马，沿杨公堤飞奔而去。

悠悠说到这里，默然无语，仿佛故事已经结束。子虚等了一会儿，见她不往下说，忍不住问：就这么完了，不至于吧？

悠悠叹了一口气说：那你说接下去怎么发展吧，我倒是想听听你怎么想他们的。

子虚果断地说：这样凄婉的故事让它无疾而终不了了之，那是不行的。我们必须让它轰轰烈烈，一波三折，惊心动魄。我想，1927年4月，蒋介石发动政变，血腥屠杀共产党，那位青年军官是一定会被卷入其中的。作为一名共产党人，他当然会被列为追捕对象。不过在此之前刘学询已经派八姨太暗中给他通风报信了，希望他早一点远走高飞。他没有能够走掉完全是因为要和八姨太见上最后一面。可是这一面他们应该在哪里见呢？

悠悠补充说：我可以给你提供一个地点，

杭州直骨牌弄的大慈庵，那时候这里是刘家的家庵。

好的，选择寺庙作为情人约会的地点是中国人特有的思路。张生和莺莺就是在寺庙里相爱的，所以青年军官和八姨太完全可以利用烧香的机会在家庵见面。但是事件突发，风云转折，就在两人相会之际，敌人突然冲了进来，青年军官大惊，指着八姨太说：没想到是你把我送上了死路！八姨太失声惊叫：不是我！青年军官举枪要往外冲，和敌人拼一个你死我活。八姨太连忙给他指了一道小门，正当青年军官往外逃之际，敌人包围了他们。八姨太举起手里的佛像砖要向敌人扔去，一颗罪恶的子弹打响了，佛像砖被打碎成两半，子弹穿过砖头，射中了八姨太的胸膛。青年军官抱住八姨太，血染佛砖，八姨太举起手里的半块砖头，放到青年军官手里，说：你走吧。青年军官怀揣半块佛砖，死里逃生。

许多年过去了，青年军官已经成了杭州城里的百岁老人。听说雷峰塔要重修，他天天坐在电视机前，想重温往事。雷峰塔发掘那天，他让他的重孙推着轮椅，把他送到夕照山下……

他仿佛又看到了历史的重演，又看到了那个古塔倒下时从花轿里探出头来的杭州姑娘……

子虚沉默了，问：你觉得我的叙述到位吗？

听上去像张恨水的小说，如果他活到今天。

好吧，子虚版说完了，还是听吴悠版吧。

悠悠说：我的故事比你的长多了，表面上要比你的平淡。前面的经历是一样的，国民党开始屠杀共产党了，刘学询让八姨太借烧香为名与青年军官接头，把军官救出去。谁知在寺庙里被敌人堵住了，这也是一样的，幸亏八姨太机敏，把情人乔装打扮成庙里的女尼，两人一起乘着轿子混出了重重包围。杭州城已经陷入一片白色恐怖，国民党处处设防，地下党根本出不了杭州城，八姨太毅然决然地就把青年军官接回了家中。

刘学询没想到他的刘庄会来一个共产党员，不过还是接纳了他，让他在刘庄隐居下来，读书避风。当时刘学询的女儿也已经年纪不小了，一起在刘庄里住着。刘学询就看中了那正在避难的共产党员，想让这青年成为他家更亲密的成员。而与此同时，八姨太在婚后多年终于怀孕了。

子虚听到这里终于忍不住打断了悠悠的叙述：不行不行，你这样说就实在是太离谱了。我若是刘家的后代，会把你告到法庭上去的。事实上，刘家是有一个女儿，年纪很大才嫁出去，但嫁的原本是一个国民党的军官，姓韩。刘学询的八姨太也的确是生了一个儿子，但没有任何迹象证明八姨太与任何男人有什么关系。从逻辑上说，刘学询再不问世事，也不可能把一位地下共产党员配给他的女儿，哪怕他女儿永远嫁不出去。

悠悠忍不住打断子虚：你若是跟我讨论事

实，或许我真被你问倒。可你不该跟我讨论逻辑，凭什么逻辑可以证明刘学询不会喜欢一个共产党员？相反，从逻辑上说，刘学询是喜欢有造反精神的人的。莫非你真不知道他年轻时曾经想暗杀康有为，甚至曾经秘密联络英国日本，伪造电报，策动李鸿章起义，于广州"另立中央"？事不成，在珠江口的"安平轮"上，这位广东进士破口大骂洋人：英国佬不足以谋事。又双泪长流道：非我不谋，天不助我也。他若没有这样的英雄气，又怎么会说出这样的话来？

子虚也急了，在隐约的湖水微波中声音激越起来：可是你也不要忘记了这次密谋失败之后，他就心灰意懒，说香港之谋乃天数，若再谋，此命休矣。以后孙中山以大总统为名都未能吸引他，只管自己埋头在上海做生意，在杭州当隐士。这样一个人怎么可能同情共产党呢？

说完这番话子虚就发现湖上空气变了，气氛板结。他心慌地朝前方看了一眼，三潭印月就在不远处，那水中的石塔也仿佛生硬地竖成一根冰棍，发出幽冷的白光。悠悠就在这时候突然站了起来，说：道不同不相为谋，你既然这样认定，我也没有什么话可以和你再说了，你走吧。

子虚就心虚气软下来，慌里慌张赔着笑脸说：你看你，我也没说刘学询一定不同情共产党嘛。再说半夜三更你这会儿让我怎么走？四面都是水，我又不会游泳，我现在下水准会冻死。行了，算你的逻辑有理，坐下，这点小事也值得你生气……

悠悠就半推半就地坐下了,但嘴里依旧不饶人:这怎么就是小事?刘学询如果对那青年军官没个好态度,他那个儿子后来怎么会参加革命还上了朝鲜战场?

子虚心里暗暗想这不是血统论嘛,老子英雄儿好汉,老子反动儿混蛋。不过他现在已经明白和悠悠这样的女人是不能按常识性的规律对话的。在她的世界里,现实、历史、幻觉和想象,全都打通搅成一锅粥,她的叙述到哪里,她以为的真实也就到哪里。比如刘学询的那个七十六岁才生的儿子,究竟身世如何,在悠悠口中,不是已经非常扑朔迷离了吗?

小舟就绕着三潭印月的三个石塔缓缓划行,

夜空冰如水，子虚搂着悠悠的肩膀，他能够感觉到她心情的激动。他突然想：也许这段历史对她很重要吧？在这个世界上，难道所谓的真实一定那么重要吗？难道真实在与善与美相抵触的时候也依然是第一性的吗？如果书本上记载的史实是第一性的，是唯一可信的，那么今天夜里此刻就是虚幻的，是假的，包括此刻的湖水、残星、小舟、美人、美人的俾喃与美人眼中的雷峰塔……我能够在明天早晨将今夜的西湖一笔勾销吗？

这是不能够的，一生都不能够的。所以说如果师姐的刘庄是一种刘庄的话，悠悠的刘庄也是一种刘庄。刘庄起码是在一个以上的——难道他冯子虚就不可以有他的刘庄吗……

悠悠好像余气未消：你为什么不说话？她装出来的怒气很可爱，子虚便说：我喜欢听你说话！

悠悠立刻就转嗔为悦，只是还得端一端架子：……既然你知道的比我还多，那你说吧，后来刘庄发生了什么事情？

子虚心里透明起来，仿佛刘庄的往事历历在目，了然于胸，仿佛只要他开口，便可以如数家珍。他有些激动地甚至迫不及待地叙述起来：

我们暂且放下刘家少爷的神秘出生和刘家大女儿的终身大事，总之我可以告诉你，青年军官，也就是地下共产党员在刘庄隐蔽半年之后，终于被国民党发现，一次外出，在湖上被

雷峯夕照

[明]藍瑛 雷峰夕照

特务抓走。八姨太惊悉此事，完全控制不住自己的感情，逼着老爷要他把人救出来。老爷到底还是亲自出马了，但腐败的国民党特务头子什么金银财宝都不要，就要刘家那块雷峰塔佛像砖。现在你知道了吧，当初在武亭夜宴之际，请来的客人中就有特务头子。那块佛像砖早就入了特务头子的心眼了。刘学询再喜欢这宝贝，到底还是救人要紧，派八姨太亲自带着佛像砖出面，把人救了出来。

悠悠听到这里舒了一口气说：这还差不多。我也没说刘学询一定是什么大公无私之人，要那样，他自己就跟杨度一样，成了早期共产党员。事实上他救出那青年时，就对自己的八姨太心生疑窦了。巧的是就在此时，刘庄传出了八姨太怀孕的喜讯。这对乱世冤家没有能够终结连理也就顺理成章了吧。八姨太身怀六甲,不可能跟着青年军官私奔。而除此之外,青年军官又怎么能不感谢刘学询的救命之恩呢?一对劳燕就这样各自分飞了。直到五年之后的1935年刘学询溘然长逝,那青年军官也没有回来。那年刘家的小少爷,已经五岁了。

八姨太和她的心上人再次见面已经是二年之后的深秋。那时八姨太生了儿子,地位骤高,已是刘家的实际掌门人了。刘家此时的败落也已众所周知。青年军官就是在日本人就要打进来这样的危急存亡之秋,突然从天而降,出现在刘庄的。那时候,他已经作为国共合作中的共产党方面的军方人士,公开出现在杭州城里了。我们已经不能用青年军官或地下共产党员这样的称呼称他了。既然他依旧留在军队里，而且还在抗日，我们就称其为抗日军人吧。

这一次八姨太依旧没有能够和抗日军人走成。她已经不是十多年前雷峰塔倒塌时的新娘子了，她成了刘庄真正的主人，还有了一个七岁的儿子。这是她的全部希望。而抗日军人虽然身居要职，却依然要钱没钱，要家没家，光杆司令一个，脑袋系在裤腰上，为他的无产阶级理想奋斗着。这时候的他们怎么可能走到一起去呢。

抗日军人陪着八姨太及小少爷在湖上进行了一次长谈，那时候日本人的飞机三天两头来空袭，可杭州人照样泛湖不止。他们三个驾舟西湖，长谈之后，八姨太决定弃庄而走。只带了一些金银细软，许多高档家具就被她沉到湖里去了。

听到这里子虚忍不住插嘴说：刘庄的家具，我这次在那里住了几天倒也见过几件稀罕的。听说当年刘学询建好水竹居时，恰逢他广州荔枝湾的邻居富商潘仕成破产，刘学询便买下了潘家"海山仙馆"的全部紫檀木、红木家具，运回杭州水竹居。我这次见到了一张S形的靠背红木双人椅。特别奇怪，虽然是两人并坐的，但椅背的方向相反。两人坐着谈话，面孔正好朝向对方，各靠一侧椅背。听你那么说，这些东西当年都沉到西湖里去过吧。

悠悠也有些兴奋起来：正是，正是。这些

椅子都是十几年之后重新从湖里捞起来的。捞椅子时,也就是八姨太和抗日军人再次重逢的时候。那时候的抗日军人已经成家立业,并且已经是我党我军的一个高级干部了。我们就不妨称这个时候的他为高级干部吧。

高级干部并不是主动来找八姨太的,虽然他是解放战争中最早一批进入杭州城的。但解放初期,工作忙得千头万绪,高级干部身边又离不开人,所以他根本没有单独活动的机会。再说这时的他已经成家,妻子也是一位老革命,妻子的字典里根本没有"姨太太"而且是"八姨太"这样的字眼,所以这一时期他们基本没有来往。

从另一个角度说,这时的刘庄已经完全败

落了，20世纪40年代末期，从地契上看，刘庄的宅地只剩下五亩四分二厘三毫。虽然它的园林依旧还是很大，但要维持下去已经非常困难。所以，刘庄也不属于共产党首先要革命的对象。相反，刘家人还是拥护革命的，这可以从刘家少爷的参军看出来。那一年，刘家小少爷已经十九岁了。

说到这里，悠悠突然沉默了，也许是说累了，她歪下身体，斜靠在子虚的身上，轻轻地说：我有些冷了。

子虚用双臂抱住她的上身，说：应该是下半夜了吧，要不然我们先回去，一会儿鸡真要叫了。

悠悠用手指捅了一下子虚的肋骨，说：你

还以为我真怕鸡叫啊，我又不是周扒皮家的长工。

子虚也笑了：看样子你还真不是人类之外的，你连周扒皮都知道。

没你知道的多，悠悠闭着眼睛说，回去吧……以后的事情以后再说……

你不说我也猜个八九不离十……我说给你听，你看我讲得准不准。高级干部回到杭州城，报纸上就常常出现他的名字。刘家少爷早就知道他有个共产党的伯伯，这会儿进了杭州城，他激动得不得了。少爷在杭州的中学里读书，是进步青年。他回去跟母亲商量之后，就径直去了高级干部的工作所在地。他们的见面是怎么样的一种场景我就不在这里细说了，总之年轻人回来之后就跟变了一个人一样。他先是搬出了刘庄，要和剥削阶级的家庭一刀两断；此后不久，他就在高级干部的帮助之下报名参军，上朝鲜战场上去了。八姨太本来是希望通过儿子把情人拉回到身边，谁知情人没拉回来不说，连儿子也没了。从此刘家小少爷一去不复返，再也没有回到那个西子湖边的最美丽的庄园……

悠悠摆摆手说：……你虽然说的大抵没错，但你把高级干部还是说得太无情无义了。实际上他和她还是有过一些接触的，虽然看上去都和感情无关了。1949年以后的那几年八姨太的日子过得十分艰难，几年中她变卖了许多金银首饰来支付地价税。这么苦撑苦熬，也还是没有能够保留下刘庄。我们不知道这段时间八姨太找过几次高级干部，但肯定是找过的。而建议八姨太把刘庄献给国家的主意，看来也应该是高级干部给八姨太出的。总之，到1953年，八姨太终于从刘庄搬出来了。同一年，高级干部从杭州调往北京，有人说他们在西湖上最后泛过一次舟，不知道是传闻还是事实。但那块雷峰塔佛像砖却正是在这个时候回到八姨太身边的，说起来这简直不可思议。原来第二次国共合作时，当年的特务头子和当年的青年军官在一次会议上相逢，为了表示共同抗日的诚意，特务头子把佛像砖又还给了砖的主人。许多年来，高级干部竟然一直把砖头带在身边，而且在他即将离开杭州之时，居然还能把这信物重新交到八姨太手里。你想想，那是什么年代……好了，我真不想再说了。你看，我到底还是怕鸡叫的……我们肯定还会再见面的……

子虚就听到耳边湖水一片哗啦哗啦地响，黑暗当中的湖面稠浓起来，表面上一层光亮，他的心紧了，紧紧地拉住她的袖子，说：别走……

悠悠叹了口气：你放心，八姨太的故事还没完呢，她甚至还没有出家……

子虚一惊：什么，八姨太竟然出家了……

怎么，你以为我让他们在大慈庵里演出那场惊心动魄的经历是一种随心所欲的安排？人的每一个时空段，都可能是意味深长的。八姨太命里注定要到这个大慈庵里来度过她一生中最悲凉的晚年，不过这段时光只有一个主题，那就是等待死亡，然而生的快乐也不是一点没有光临过她的身边。总之,八姨太离生命结束还有很长一段岁月呢……我会给你一个结局的。再见……

和上次一样,子虚记不得他们是怎么告别的,每一次告别都是消失,不同的只是,这一次悠悠是在湖面上消失的。

下次相逢几乎成了一种等待戈多式的折磨,时间之长大大超过了子虚的心理期待。原本以为第二天或者第三天就有可能约会的子虚,整整一个月之后依然不见悠悠的动静。这漫长的期待让知道这段风流轶事的人再次怀疑整个事件的真实性。师哥不止一次地打电话给子虚,张口就说:子虚,你的"乌有"出现了吗?这

雷峰塔 ［瑞典］安特生 摄于1914—1938年间

让子虚又绝望又恼火，他发现师哥的心情在整个过程中发生了戏剧性的变化，他开始从一种惊愕不解发展到迷惑，然后再从迷惑发展成嫉妒。子虚相信，师哥越来越相信吴悠是确实存在的，他因为失去了这次极具神秘性的艳遇而深感遗憾，不得不以否定子虚的遭遇来平衡自己。

师姐和师哥不一样，她全部的细胞都调动起来，唯一要证实的就是悠悠的所有言论都是胡说八道。这段时间师姐和师哥都很繁忙，师哥继续参与着有关雷峰塔的报道，那六十余件从雷峰塔出土的文物够他忙一阵的。而且他也和子虚一样，暗暗留心着那佛像砖的出土情况。

[清]佚名　刺绣西湖图册　雷峰夕照

佛像砖没有再次被人发现，师哥以此来打击子虚的激情，似乎只要佛像砖不再问世，吴悠和子虚的故事就是子虚乌有。师姐则把重心全部放在了刘庄主人的最终下落上。她在校图书馆里给子虚打电话，说是有十万火急的事情要告诉他。子虚赶到图书馆，师姐把一沓旧报纸放在阅览桌上，兴奋地说：子虚你看，我找到了刘学询的下落。

这是1935年的一张《浙江新闻》，其中有一条杭州老报人樊迪民关于刘庄主人的报道：

> ……今年主人逝世，其哲嗣欲为之营葬，但市政府早经有令该地为风景区，乃禁葬区域，不准其入穴，刘家再三筹商，

总以禁令所格。故刘问刍死欲同穴之愿望，终于而不可得也。

子虚茫然地问师姐：你告诉我这个干什么？

师姐郑重其事地告诉子虚，她所要做的一切，不过是要用事实治好子虚的妄想症。首先她得证明那吴悠嘴里的八姨太确实是不存在的，是虚假的，真正的八姨太和吴悠说的完全是两码事。而要证明那个真正的八姨太存在，则要先证明刘学询的存在。只有证明真正的刘学询和真正的八姨太在历史上确有其人，才能证明吴悠是虚幻的，是他冯子虚心造的幻影。

子虚听了她的义正词严之后，诚恳地问她，就算这个吴悠是他冯子虚心造的，是幻影，那又怎么样,为什么她要狗拿耗子多管闲事。子虚认为自己已经很粗鲁了,但师姐只是更加怜悯地看着子虚说:子虚,你的妄想症是你师哥引起的啊,我们有责任让你清醒过来。子虚表示他不想清醒,他愿意生活在幻觉中。师姐干脆说:那不行,你快毕业了,师姐不能让你找不到饭吃。你现在的样子已经在校内外传为笑柄,我已经咨询过大夫,你的情况要是不及时制止,会越来越严重的。

接着师姐就开始不停地给他讲刘学询,她说刘学询的葬礼当初是办得十分隆重的,西山路上素车白马,民国要人或亲自前来吊唁,或发唁电。根据后来的情况看,刘学询还是被葬在了刘庄的大六中,直到1953年才被迁往杭州北高峰。师姐遗憾地说她为此专门上了一趟北高峰,想找一找刘学询的墓,但一无所有。子虚看着她一本正经的面容,不明白一个死去的刘学询为什么会引起她那么大的兴趣。在他看来,她根本不是为了医治他的妄想症,而是为了满足自己的考据癖。师姐最后不无困惑地说,她到现在也没弄明白,刘学询1935年是怎么又葬进故圹的。因为当时的杭州市市长周象贤乃留美博士,下令西湖风景区禁葬,应该是很严格的。

子虚终于忍不住了:你对挖棺材板真有那么大的兴趣吗?

师姐回答:你说什么呀,我全靠刘庄做博士论文呢。我只要能够证明你的八姨太是一个子虚乌有的八姨太,我就成功了。

　　师姐下一次行动,是把子虚再一次拖到了刘庄。这一次是大白天,师姐说她一定要让子虚全面认识一下刘庄,了解刘庄建园的全部过程,他就会从梦中醒来,积极投入现实生活。无论子虚怎么解释他的历史观、刘庄观都没用,师姐从1905年完工的水竹居开始说起,带着他一路走过安乐斋、梦香阁、半隐庐、延秋水榭、耦耕草堂、湖山春晓阁、松岛长春屋和书房望山楼。从前的迎宾楼旧址,现在是西湖国宾馆一号楼。师姐津津有味地再一次背出了旧楼中堂清末大书法家陈璚的对联:故乡亦有西湖,一半勾留,行窠且榜蕉屏石;旧宅尚留南海,三十里路,别梦应寻荔子湾。

子虚夸师姐记忆力惊人。师姐故作谦虚状,说她也就对迎宾楼印象最深,因为迎宾楼左边就是刘氏家祠。然后师姐就连比带画地跑到一号楼左边绘声绘色地讲起来——她说刘氏家祠乃一庙宇,门前设有一两米多高的铁香炉,家祠内有两支一人多高的红珊瑚。家祠后面就是墓地。墓地共设十穴,居中两座大坟高约两米。左右各自四个生圹,是刘学询为他的八个小妾准备的。

师姐站在早已平掉的墓地前,那里现在是一弯月牙形的池塘,师姐说这就是月华池,月华池前是祭坛,还设有石供桌呢。师姐突然说:还不知道那八个小坟中哪一个是为八姨太准备的。在明亮的春阳里,子虚打了一个寒噤,一些断句明明灭灭地跳了出来……草如茵，松如盖。风为裳，水为佩。油壁车，久相待。冷翠烛，劳光彩……西陵下，风吹雨……

师姐看出了子虚的心思：无须紧张，八姨太岂能葬在这里。她生于广东，嫁在上海，死在杭州直骨牌弄，葬在南山，刘庄跟她没有关系。

子虚想，师姐的八姨太与悠悠的八姨太尽管南辕北辙，但有几点是相同的，都是八姨太，都嫁给了刘学询，都死在直骨牌弄。他到底还是希望能够找到一些虚构与真实之间的重叠。他问：那么说，范媛英在尼姑庵出家还是真的？

师姐不屑地撇了撇嘴：没有那么浪漫。范媛英是丫鬟出身，她从刘庄搬出后就当了保姆，她的人生就是那么一个圆。还有，你也别跟我说她死得有多不同凡响。不错，她是自杀过——

悠悠没跟我说她是自杀的——子虚声明，但师姐果断地把子虚的声明拦腰截断——她下一次就该说八姨太是自杀的了。但我可以明明白白地告诉你，她不是死于自杀，虽然她自杀过一次……那时已经是"文革"初期了。她中风，半身不遂，全靠邻居接济。有一次她想投井自杀，但没死成，被人救了下来。实事求是地说，范媛英这个人，倒没有多少姨太太味道。她从刘庄搬出来后先是住在南山路广福里，靠织毛衣过活，月薪十六元，后来她搬到直骨牌弄24号大慈庵，这里住着一群广东尼姑，就像是《红楼梦》里的"水月庵"，妙玉住的地方。

不过范媛英可不是作为尼姑搬进去的。那时庵里杂人还不多，所以她占了间很大很好的房间。她死时倒是身无分文了，全部家当变卖了只有二百多块钱，正好够办丧事。

子虚说：我记得她是有一个儿子的，参了军，上了战场。他不可能一点也不管他的母亲吧？

刘学询倒是有两个儿子。大儿子抗战期间就死了。八姨太生的那一个，从杭州二中毕业后确实参军上了战场，以后就没和他母亲有过任何来往，那时候谁还愿意和剥削阶级有什么关系啊？再说他从朝鲜回来后支持内地建设去了青海柴达木盆地，1957年又回到老家广东。他自己都顾不过来，还顾得上他妈？

子虚还抱着最后一丝希望：这个八姨太生的儿子不至于没有成家吧？

师姐沿着月牙池边走边想，说：倒是听说，"文革"前有一个年轻女人去看过范嫒英。她还跟邻居说这是她的儿媳妇，姓国。你说这个姓多怪啊，国家的国。她跟别人说，她儿媳妇是从孤儿院里出来的，孤儿院的孩子全姓国。后来"文革"，联系就断了。范嫒英默默无闻地死掉了，没有一个亲人来为她送葬的。

子虚沉默了很久，才重复了一句：就这样默默无闻地死掉了。

是的，就这样默默无闻地死掉了。师姐在再一次的强调中，把那本罗以民的《百年刘庄》递给他，说：其实我早就应该把这本书给你看了，我就是不想让你太接受不了现实。你那个悠悠的刘庄轶事，和这本书里写的太风马牛不相及了。

子虚刚接过书，就接到师哥打来的电话，说雷峰塔文物展将在4月28日举办。在此之前可以让记者先睹为快，今天他就被准许前往浙江省博物馆探营。在那里他看到吴悠说的那块佛像砖图片。他问子虚有没有兴趣看看。子虚没有回答。师哥在电话那头突然开了一句玩笑：说不定你那个失踪多日的吴悠这时候又冒出来呢。

子虚一个激灵，推了师姐一把，喝道：走！

雷峰塔文物展被安排在浙江省博物馆西湖

美术馆的二楼展区，雷峰塔地宫文物在此来了个大特写——其中包括新鲜出土的六十余件文物和有关雷峰塔的现有文献、书画和以往出土的文物资料。师哥就是在这里看到衢州文管会收藏的那块佛像砖图片资料的。

子虚一进门就看见了那只铁舍利函，就放在显眼的二楼展厅入口处，也不加外罩，敞开着让观众看。中立柜放在展区最好的地段，里面置放的自然非金涂塔莫属。出土玉器包括那独立的玉童子和铁函内的玉观音，都在立柜中置放着。子虚在那尊玉童子面前站了片刻，其人衣袂翩翩，栩栩如生，带着水波纹饰的插座，子虚想起了悠悠。别过头，仿佛是因为避免想她，走开了。

"历史上的雷峰塔"这一块布展内容,子虚实际上是熟悉的,其中有南宋时画家李嵩《西湖图》中的雷峰塔、雷峰塔将倒未倒前的图片,当时的雷峰塔只有五层。雷峰塔倒后的废墟遗址是地宫发掘前拍摄的,图片下却附了一首徐志摩当年写的诗:

……

再没有雷峰;

雷峰从此掩埋在人的记忆中:

像曾经的幻梦,

曾经的爱宠;

像曾经的幻梦,

曾经的爱宠,

再没有雷峰；

雷峰从此掩埋在人的记忆中。

这一步三回头的一唱三叹的20世纪20年代的咏哦，让子虚赶紧走出了博物馆，甚至连本来最应该关注的佛像砖的图片也没有看。

手里茫然拿着《刘庄百年》，他徒然地在西湖边走着，找到一处木椅，他坐下顺手翻起手中书，恰巧翻到"康有为'猖狂'进刘庄"这一章。原来刘庄建成不久就因刘学询生意破产而被拍卖。因标价过高，十数年中无人问津，以至民国之后仍被查封，被刘学询的死对头康有为占住多日。1916年夏，康有为来杭，被浙江要人安置在刘庄。康有为兴奋之余,立刻派人到杭州姚园寺巷请来他的大恩人徐致靖。这徐致靖乃康梁变法失败后,清廷镇压名单上的第一人,被判为"斩立决",因其父曾有恩于李鸿章,又唱得一口好昆曲,被慈禧免了一死,判为"绞监候",相当于今日的死缓。八国联军打进北京城时,刑部大狱一片混乱,守卒如鸟兽散逃之夭夭。狱官让徐致靖快跑,他却说:我乃大清臣子,危难中更要坚守大清法度,我得坚持服刑。最后被那狱官追着骂着才悻悻然离开大狱,庚子之后定居杭州。这一次康有为请他进刘庄,他高高兴兴地住在了刘庄。

一个月夜,他与康有为和宾客们泛舟湖上,至三潭印月,康有为兴之所至,想起汉朝王粲

雷峰夕照

好驴鸣,便于舟中站立,面对茫茫夜色一声长啸……真有"念天地之悠悠,独怆然而涕下"之感。

子虚读到这里,就觉眼前红光一亮,抬起头来,远望南山。他吃惊地跳了起来,仿佛梦游,他看到了雷峰夕照——颓然如醉翁的古塔将倾未倾,怡然自得地歪在西湖的早春斜阳中。它的背后一片淡红的天空,衬出了它黝黑的轮廓,一株老树从塔顶伸出,几点寒鸦盘旋其上……子虚眨了眨眼……消失了。

湖边呆坐良久,子虚跳上从灵隐到城站的7路车。多年没去城站了,他的第一个想法,只是把从现在开始到夜晚前的那段时光消磨掉。

到终点站后他磨磨蹭蹭地下了车，发现城站已经和他从前看到的完全不一样了。老区几乎已经被拆平，他随便问了路边小店大妈一句：这是什么地方？就听那大妈说：直骨牌弄。子虚眼前仿佛一下子昏黄了，暮色刹那间降临了杭州。他又问：直骨牌弄24号在哪里？那大妈奇怪地看了看他，说：亏了你问我这样的老人，你说的是大慈庵吧，拆掉了。子虚说他知道已经拆掉了，他就是想知道遗址在哪里。大妈指指前方不远处：喏，就在前面。子虚走了几步，又停了下来问：大妈，那口井还在吗？

大妈笑了：小伙子你记性真是好，连那口井也记得。我也不知道它还在不在，你问井干什么？房子都没有了，井有什么用？

子虚朝前方走去。暮色就越来越浓了,一种只有废墟才会有的浓郁的泛着银光的黑灰色包裹住了他。子虚感受到那种一去不复返的几乎致命的惆怅……

他看见了高楼大厦间那个小小的近乎于无的"句号",他在那口井旁看到了她。当他的目光接触到她的瞬间,夜来临了。他松了口气,仿佛他看到她时如果夜不来临才是不可思议的。

他俯身而问:你是谁?是西陵下苏小小,是雷峰塔白娘子,还是刘庄八姨太,还是其他一切在湖上飘荡的孤苦无依的芳魂?你为什么要在一座古塔的废墟突然被人重新关注时叩醒我?你讲述的那块佛像砖就是废墟吗?它在哪

西湖梦寻·雷峰塔

[明] 张岱

雷峰者,南屏山之支麓也。穹窿回映,旧名中峰,亦名回峰。宋有雷就者居之,故名雷峰。吴越王于此建塔,始以十三级为准,拟高千尺。后财力不敷,止建七级。古称王妃塔。元末失火,仅存塔心。雷峰夕照,遂为西湖十景之一……

里？我是说，在你的故事里，它应该会是在哪里……

他发现在高楼大厦的阴影与灯火中，她的目光和容颜肃穆而又庄严，以往的娇嗔艳丽和诡谲一扫而空，她变成一个抽象的女人，一切爱情的对象。

在黑暗中，她指着井口说：难道它不应该就在这里吗？这废墟的象征难道不应该随着那废墟的女人一起消亡吗？关于刘庄的故事难道不是应该让这口井来画上句号吗？在我的叙述中，女人死于1966年的夏天难道不是最符合命运的安排了吗？在那一年她贫病交加，她的独子生死未卜。她青年时代的情人、那离杭前郑重其事地把佛像砖再赠予她的高级干部在北京

雷峰塔西湖添秀 吴国方 摄于2002年

自尽了。难道她投井自杀不是最合理的结局吗？难道她自杀时不应该怀揣着那块佛像砖吗？她死了，肉身被葬在了南山，灵魂出没在湖上，而佛像砖永远地沉没在井底——难道这有什么疑义吗？

至于我。是苏小小，是白娘子，是八姨太……是人，是鬼，是精魂……难道真有那么重要？我是一个女人……我爱你们……我爱像你们那样对消失的往事与人怀着一腔缱绻的男人……难道我不应该爱吗……

她说完这番话，仿佛回到人间红尘。子虚甚至看见她穿着一身牛仔服，甚至看见她背上的鼓鼓的行囊……每一次告别都是一次永诀……子虚问：你要走了吗？我可以送你吗？

她摇手，仿佛召唤又仿佛谢绝：你不是一直在送我吗？你让我想起杭州当年的湖畔诗社，想起青年汪静之的诗：一步一回头地瞟我意中人……西湖真是最适合惜别离的……再见了……

在黑暗中他就看见她走过了他的身边，挨得很近，同时又飘忽得很远，但最终还是近了，轻轻地吻着了他的颊，并且一只手松松地插入了他的长发，停留了片刻……香薰护发……

然后，子虚感觉到她走过去了，有脚步声，但她是飘走的，背影亦真亦幻，像T型台上那些走台步的女模特。她隐隐约约地远去，融进熙熙攘攘的行人中。耳边响起轻轻的喘息声，正是那座著名的古塔倒塌的声音……这个世界是这样倒塌的，不是轰隆一响，而是唏嘘一声……

然后，他感觉自己像是因为长叹一声之后那样，吐出了胸中的郁闷之气。眼前亮了，往报亭上一瞟，今天的晚报，登了一张大照片，正在修建中的雷峰塔。脚手架是那么真实，还有那些在夜幕中发亮的焊光。

子虚散着步思忖：雷峰塔正在被重建，这是一个现实；而我是在重建的现实中遭遇这亦真亦幻的过程，这也是一个现实；最重要的，是我有了爱的亲历……这个世界难道不也是可以这样建立起来的吗，不是轰隆一响，而是唏嘘一声……

在虚构与真实之间的矗立

——《雷峰夕照》里的斜阳温柔

在讨论这部中篇小说之前,不得不提到前面发表的另七部中篇。从1995年开始,我在创作长篇小说《茶人三部曲》之间,以每年一部中篇的进度,完成并发表一个以十部中篇为单元的小说系列,她的总标题叫"西湖十景"。事实上,她的确就是以历史上的西湖十景为标题的,第一部中篇叫《断桥残雪》,加上现在发的《雷峰夕照》,已经完成并发表了八部,如果另两部《柳浪闻莺》和《三潭印月》能够完成，那么这个单元也就算是正式全部完成，可画一个句号了。

这个系列的中篇单元我是这样设计的：一是有场景，并且那场景是完全与题目一致的，比如《断桥残雪》的故事就发生在断桥。但也有大于标题场景的，比如《雷峰夕照》中的场景，除了夕照山雷峰塔，还有晚清民国初年时著名的私家庄园刘庄。二是有对一种文化事象的阐述和认识，比如《平湖秋月》中对浙派古琴的欣赏，《曲院风荷》中对佛教文化的认识，《花港观鱼》中对中国观赏鱼历史的叙述。三是由此文化事象与小说故事人物结合后生发的生活理念的思考，比如在《南屏晚钟》里，我注意的是人类背叛与真诚之间的关系,在《苏堤春晓》中,则更关注永恒与当下的精神较量,在《断桥残雪》中,我讨论到了坚守与顺应的关系,而在《雷峰夕照》这部小说中,我更关心的是心灵与历史相对于虚构和真实的各自状态,以及它们之间的比较。

当然,在这一切的思考之上,首先是与江南,尤其是与西湖默契的情感故事。我甚至在未写作这个系列之前,就梦想着把它们搬上影视或者戏剧舞台,我承认我在写这些小说之时,在叙述里已经有了这个理念,我考虑到了场景、人物出场,甚至对白。我曾经想过,如果一部中篇就能拍成一部电影那该多好,我甚至幻想过由哪些演员来完成这些角色……

我自己以为，我在写这个系列小说的时候，是有着很鲜明的实验态度的，虽然表现出来的未必如此。

想写一部关于塔与庄园之间的关系的小说这个念头并不是一开始就有的。最初阅读雷峰塔倒塌记录的时候，见前人记载，有不少当事人是在湖上看到塔倒的，彼时，也正是军阀孙传芳军队打进杭州城的时刻。后来我把这段史实加以虚构后写进了《南方有嘉木》中，书中的主人公正是在湖上看到雷峰塔倒下的。雷峰塔旁边就是著名的汪庄，当年曾是一个茶庄，刘庄与它们遥遥相望，想必居住其中的真实人物也看到了这座塔的倒塌。

后来产生想写一座真实的塔的虚构故事，却是从读罗以民先生的《刘庄百年》开始的。这部关于刘庄的真实历史陈述，给了我很大的原创冲动，我和罗以民先生是多年的老朋友了，他对晚清民国初年杭州历史人物是很有一番研究的，其中刘庄生活着的人物的命运，实在是比小说家所虚构的还要跌宕起伏、令人唏嘘。

然而，仅仅完成一种对传统文化的真实再现，我想别人已经完成了。一座塔，一座庄园，究竟在什么样的境况下进行叙述，才是有意义的呢？我搁下了这个题材，仿佛一直在等待时机的到来。时机果然到来了。

从20世纪末开始，重建雷峰塔的呼声越来越高，进入新世纪，这座塔的重建就完全成为了一个操作层面上的事件了。我们这些杭州人，隔三岔五地在报纸上看到关于塔的建造的进展情况。在塔建成一千多年之后，在塔倒塌近八十年之后，历史重新介入了现实，在当下发生重要作用。新建的雷峰塔将重新开放，杭州市政府以最大热情投入了对这座塔的重塑，以期成为建设文化名城的一个重要亮点，而旅游部门毫无疑问地把它当作了一次发掘文化旅游产业的最佳商机。

如何把现实与历史重塑成同一座塔？如何在真实的塔下面发现另一种艺术的真实——一座虚构的塔？而在这其中，又有那么些与塔有关的人物，他们的命运之河在真实地潜流，怎样才能将上述所有的一切显现在光天化日之下呢？

为此，我在这部小说里设置了两层时间线，一层线上是与现实生活完全同步、完全一致的时间和事件，比如挖掘雷峰塔地宫的时间和事件，我完全是从报纸上截取的，甚至几时几分也没有差错。我又设置了另一层时间线，它不但是虚构的，甚至是荒诞的，比如小说中范姨太的爱情故事。但这荒诞的虚构中依然有命运的大真实，比如晚年的绝境，比如曾投井自杀，比如死时的一贫如洗。真实和虚构在这部小说中相互抵触，但并没有相互消解，它们并行地存在于历史与艺术中，使小说透露出某种诡谲的气息，传递出另一种阅读的可能。

而此刻正在写这篇创作谈的我，三个小时前，则在写作关于雷峰塔初建时的长篇历史小说，那是一位君王和年轻的将军以及美丽的王妃之间的故事，但他们依旧围绕着这座著名的古塔展开，较之于这部中篇，那完全又是另一种叙述了。

在以上完成的八部中篇中，应该说这一部实验的成分是最强的了。我之所以选择了这样一种叙述方式，实在是我更愿意去肯定那些心灵史的真实性，更愿意在完全的真实和完全的虚构之间找到某种本质的一致。在这部小说写成之后，罗以民先生和我通了一次电话，告诉我，我小说中的主人公的公子还活着，就生活在珠海，七十多岁了，没有后代，是一位极好的人物，前不久还给罗先生寄来一个大蛋糕。

这个活生生的人物在我的这部小说中也出现过,而现在,当我听到这样一个真实的存在之后,第一感觉依旧是真实,那真实甚至已经真实到虚构里去了。

2002年3月25日

附录

西湖女神

传说西湖里住着一个女神,长得比天宫里的仙女还要美丽。她喜欢戴玉桂花扎成的凤冠,穿牡丹花瓣织成的舞衣,着荷花一样的鞋子。她还爱戴白兰花穿成的项圈,浑身散发出迷人的香气,所以有人说她是花神。

　　还听老人说,这个女神手上总是托着一颗闪闪发光的明珠,照得西湖五光十色,千姿万态,照得西湖山清水秀,百花争妍:春天里柳绿桃红,夏天里荷香十里,秋天里桂子飘香,冬天里红梅映雪,真是四季如画。

还传说,西湖女神是一个好心肠的人,对穷苦人,总是百般扶持,还帮着惩罚那些到处作恶、欺压穷人的财主,为大家解恨。有这样一段故事:

从前,在西湖南山下,住着两户人家,世世代代打鱼为生。一家是父子俩,老头儿只生了一个儿子,名字叫藕儿,是个忠厚老实的后生,整天泡在水里泥里干活,平时不言不语,待人却有情有义。一家是父女俩,老头儿也只有个独养女儿,名字叫红莲,这姑娘长得十分俊俏,像一朵红艳艳的鲜花。她生性高洁,从小在泥里水里,受穷受苦,最恨那些作威作福、强横霸道的财主渔霸，也瞧不起那些居心不良、仗势欺人的奴才。

两个老渔翁世代相交，平日又一起下湖捕鱼，互帮互助，是一对知心朋友。他们见儿女青梅竹马，从小合得来，长大了又互有爱慕之心，就决定让他们结为百年夫妻。

不料藕儿和红莲的婚事还没有办好，两个老渔翁都得了疫病，隔不了几天都死了。临死前老人叮嘱他们说：

"儿啊，你们从现在起，就相敬相爱一起过日子吧。你们还要记住，我们打鱼人家，一年四季操劳在西湖上，全靠着西湖女神的保佑。西湖女神喜欢的是又勤劳又有志气的人，但愿你们做这样的人吧。"

藕儿和红莲就这样结成了夫妻。从此，一个捕鱼，一个织网；一个砍柴，一个烧饭，小日子过得美美的。可惜好景不长，又出了事。原来，藕儿因为操劳过度，生了一场大病，一连七七四十九天，卧在床上起不来。全靠红莲一人，忙里忙外，照顾家里。

俗话说靠山吃山，靠水吃水。打鱼人家靠的是捕鱼为生。藕儿一连病了一个多月，靠什么吃饭呢？何况又得买药治病。红莲就决定下西湖捕鱼。藕儿怜惜红莲，又怕她一个人下湖出事，一千个一万个不愿意，不让她去。红莲左右为难，但总不能光靠乡亲帮助过日子啊。

藕儿的病虽然好一点了，但浑身软绵绵的，没一点力气。一天，一觉醒来，不见红莲，等了又等,也没见人影。他急忙下得床来,拖着虚弱的身体,到外屋一看——渔网不见啦!又到门口一瞧:湖埠头孤零零的只有一只渔船,另一只渔船也没有啦!他知道红莲瞒着自己偷偷下湖捕鱼去了。

藕儿只好眼巴巴地坐在门口,望着湖面,等着红莲。

他等啊等啊,等到日高三竿,红莲没有回来。

他等啊等啊,等到日头西斜,红莲没有回来。

他等啊等啊,等到黑夜来临,红莲还没有回来。

于是藕儿急了。他顾不得虚弱的病体,拿

起双桨,划着渔船,慢慢地向里湖划去。他碰到归来的渔船就问:

"大伯,你有没有看见红莲?"

"上半天,看她在湖里捕鱼,后来就没有看到她!"

"大妈,你有没有看见红莲?"

"午饭时,看她在湖里撒网,后来就没有看到她!"

藕儿划遍里湖,每碰到一只渔船,就上前打听红莲的下落。大家都说,上半天,看见过她,下半天,就没见着她。天色越来越黑了。一轮明月当空,照得满湖银光闪烁,就是不见红莲和渔船的影儿。藕儿心里急得发慌,猜想红莲一定因为在里湖捕不到鱼,一个人到外湖捕鱼去了。

于是,藕儿掉转船头,趁着月光,向外湖划去。这时,迎面又来了一只晚回的渔船。藕儿急忙问道:

"阿爹,你在外湖有没有看到红莲?"

"啊!是藕儿吗?下半天我看见她在湖心亭一带捕鱼。我问她为啥一个人闯到外湖来?她说上半天在里湖捕了半天,没有捕到鱼,所以到外湖来碰碰运气。她还没有回来吗?"

"是啊,唉,叫她一个人不要来捕鱼,她偏偏要来,而且,还要闯到外湖来。真急煞人啦!"

"那你快点到湖心亭附近去找找她。夜深天凉,你病刚好,要注意身体呀!"

藕儿病了好久，又划了半夜船，早已腹中饥饿，精疲力尽。等到划到湖心亭一看，哪有红莲和渔船的影子。只见三四只烛影摇晃的画舫靠在湖心亭岸边。亭子里灯火辉煌，喝五吆六、花天酒地，还传出一阵阵尖声娇气的卖唱声。藕儿想，这是一块鬼地方，红莲会不会落到这批吃人的魔鬼手里了？

藕儿把渔船靠近岸边，正想去打听一下。只听见一个狗奴才大声喝道："谁？深更半夜的，还到湖心亭来！"

藕儿战战兢兢地说："我，我是捕鱼的。大哥，请问一声，下半天有没有一个打鱼姑娘在这里捕鱼？"

那狗奴才一听，哈哈狂笑起来："噢！打鱼

姑娘，她真是好不识抬举，我们老爷要她陪着玩玩都不肯！你要找她吗？她早到湖底仙宫里去当丫头啦！"

"你……你……你说，她到湖底……去了！"藕儿一听，急巴巴得话也说不出来。

那奴才狗仗人势，凶狠地说："这婆娘大胆，竟打了老爷一记耳光，正要送官法办，想不到她自己跳了湖……喂，你是她什么人？还不快滚开！"

藕儿听说红莲跳了湖，那还得了，就舍命地举起双桨，要直冲上岸去为红莲报仇。忽然，头脑里轰的一声，像要炸裂一样，浑身无力，四肢冰冷，眼前一阵漆黑，嘭一下晕倒在船舱里。

初冬的西湖，更深夜静，寒风冽冽，冷得刺骨。那无人照管的小渔船随风漂游，慢慢地漂到三塔附近。昏迷的藕儿，经冷风一吹，缓缓地苏醒过来。他坐起身子，眼前是雾蒙蒙的一片，定神细看，四周出现了无数红莲花，又见花丛中慢悠悠地漂出一只白玉雕成的小船，船上坐着一个美丽的仙子。她手上托着一颗世上罕见的明珠，照得西湖闪闪发光。

藕儿心想：我准是碰见西湖女神了！只见她笑眯眯的，对他点点头，开口说："藕儿，你想为你的妻子报仇吗？"

藕儿急忙说："对对对，西湖女神，我要为她报仇啊！"

西湖女神说："那好，跟着我走吧！"

说完，西湖女神手托明珠，向荷荡一照，只见哗啦啦地闪出一条水道，白玉小船载着西湖女神，藕儿的渔船随后跟着，款款向湖心亭方向漂去。

像有神力推动一样，两只小船很快就接近了湖心亭，只见那几只画舫正迎面驶来。这时噗的一声，西湖女神把明珠投进了水里。霎时间，湖里翻起了巨浪。这巨浪吼叫着，咆哮着，像几百头发怒的狮子，一下子向画舫扑去，把它们摔得粉碎，那些老爷、奴才统统淹死在水里。等西湖女神一弯腰，从水里取出那颗明珠时，西湖又变得十分平静了。藕儿见西湖女神帮他报了仇，感激得泪水直流，连声说："谢谢你，谢谢你！"说着，说着，低着头又呜咽起来。

西湖女神说:"藕儿,别伤心,你再把船划到三塔那边去吧,红莲等着你呢。"

藕儿一听红莲还活着也不哭了,掉转船就要走。西湖女神却又说:"慢着,你见到红莲,合计合计,要回家就回家,愿意留在那儿的话,就帮我管理荷荡吧。"一说完,立刻就不见了,连白玉小船也没有了踪影。

藕儿这时候不知道饿,也不知道累,觉得浑身都是力气。他驾着小船,哗哗地一直划到三塔附近,只见四周静悄悄的,湖面上荡着残荷败梗,果然有一只小船,船上好端端地坐着红莲。也不等两只船靠拢,藕儿就欢叫起来:"红莲!红莲!那些人说你跳了西湖,你怎么在这里啊!"

红莲笑着说:"打鱼人从小在水里滚,我一头扎到水底,慢慢地就游到这里来了。可是我身子软乏得很,正想歇一歇,忽然有人拉我起来,扶我到船上。也真奇怪,这还是我的小渔船呢。"

藕儿问:"那是谁呢?"

红莲说:"我迷迷糊糊的,也不知道是谁,只听她说,你歇着吧,藕儿一会儿就来找你。"

藕儿说:"那一定是西湖女神。"接着将碰到的事都告诉了红莲。

红莲说:"谢谢女神搭救我们,还为我们报了仇。可是我们怎么办呢?是回家,还是留在这里报答女神,管理荷荡?"

后来两人商量定了。但究竟怎么决定的，讲故事的人也没说清楚。有的传说又回家了，过着和和美美的日子。有的传说就留在那里了，但没有人见过他们。还有人说，他们和西湖女神住在一起，月夜里常常在荷荡里泛舟呢。但从此以后，西湖里的藕长得更好，在花丛中还新出现了一种红莲，红艳艳的，光洁洁的，绽放在碧波涟漪的水面上。